床　　　鬼

林斯諺 著

目次

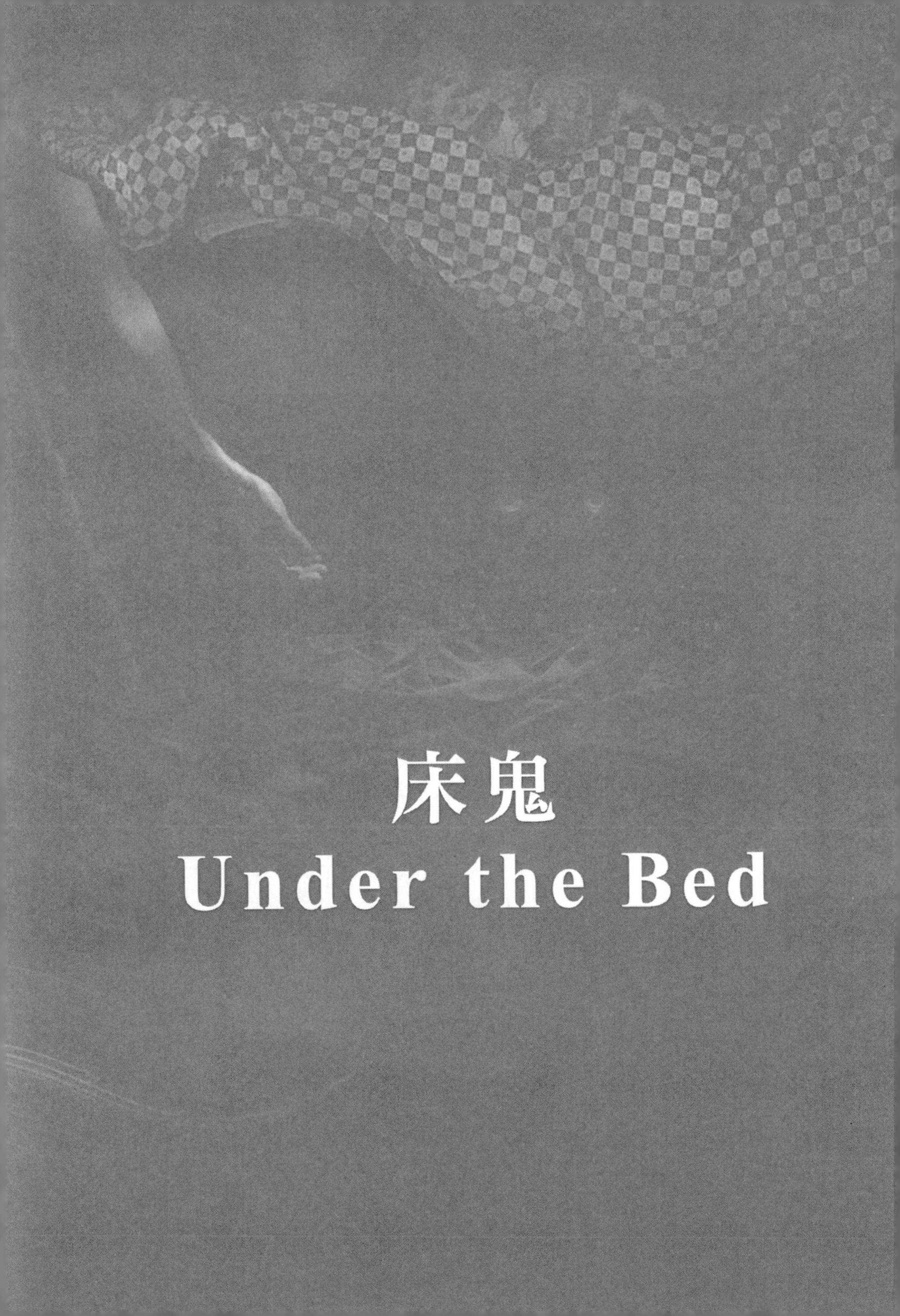

床鬼
Under the Bed

本作發表於《推理》雜誌第256期，後於《歲月・推理》二〇一三年第四輯銀版再次發表，是一篇懸疑驚悚小說；收錄於本書的版本是經過精心修潤的改訂版。

這篇小說的靈感來自於大學時代在外租屋的經驗。那時候我租了一個很寬敞的雅房，房租意外地便宜，房裡有一張很大的雙人床。某天當我偶然看向床底時突然意識到，我從來不曾去注意床底下的空間；如果床底下躲了人，我其實不太容易發現。於是這篇小說就誕生了。

小說中的場景（案發的房子以及房間）完全按照當初我的租屋處照實描述，現在重讀也勾起我大學的回憶。但取材自現實的部分也僅止於場景而已。

有讀者可能會認為本作是向江戶川亂步的經典作品〈人椅〉致敬，但其實這並非我的創作意圖。不過，也許是潛意識中受到影響也說不定。

二〇一一年有一部西班牙犯罪電影正好也是關於躲在床底下的犯罪者，片名為《你快樂，所以我不快樂》（***Sleep Tight***，又譯《當你熟睡》），讀者若有興趣可參考。

某個下著小雨的凜冽早晨，一具男屍被發現臥躺於某校園教學大樓的一樓廣場。雨水打在他身上，水滴不斷從屍身上流淌下來。

死者的頭顱完全碎裂了；以頭部為中心點，石板步道上輻射出黏滯的血跡，配合著細小如絲的雨點，空氣中似乎瀰漫著聽不見的哀歌。

抱著書的學生群，群聚於屍體不遠處，以恐懼的眼光打量著眼前的景象；他們指指點點，鼓譟不安，直到教官與制服警員切入人群中才逐漸散去，留下屍體孤獨地躺著。

男屍身著休閒服，看起來似是學生。

沒有人知道那扭曲的臉龐實際上帶著一絲悔恨；也沒有人知道，在那絲悔恨的背後，隱藏的是一個哀艷，而又不可告人的故事。

三月二日　星期三

第一次見到那名女孩，是在一個飄雨的午後。

那是在三月的第一個星期三，昏沉沉的三點左右。

一如往常，我背棄了枯燥、折磨我神經的文學課程，孤零零地漫步於校園人行道，與無數不熟識、冰冷的生命體擦身而過。抬頭仰望林立的鉛灰色教學大樓，我心裡湧起迷惘的心緒。這鉛灰的薄暮，是陰沉天氣賜予校園的贈禮，抑或是我眼中糾結的煩悶所構成的障壁？

柔順的雨點滑落我臉頰，沾濕了我的衣領。眼前無數朵鮮豔的傘花綻放，是這放眼望去、鉛灰色景象的唯一妝點。

就是在此刻，她映入了我的眼簾。

女孩站在圖書館門口，略帶稚氣的臉龐似乎對濛濛細雨感到懊惱；左手握著傘的把手，右手向上撐開傘花。我在另一旁的人行道樹底下停下腳步。

女孩穿著藍色小巧的休閒鞋、牛仔褲，上身罩著一件米色外套，素色的臉龐被傾瀉的長髮呵護著；那步下階梯的身形十分輕盈。

她的身影，逐漸遠離圖書館，朝校園的另一側走去，直到溢出我的視線之外。

反覆看著背影逝去的軌跡，我的雙拳，在濕濡中不自覺地緊握。

三月三日　星期四

第二次見到那名女孩，讓我了解到命運的神祕與吊詭。匪夷所思的因果串聯、人類行為的連鎖反應，甚至奇妙的蝴蝶效應——似乎是枯燥的生活中唯一值得期待的事物。

那是在第一次邂逅她的隔天下午，同樣是三點多、飄著雨絲的灰濛天候。

雨，飄著，飄進了我灰色運動鞋的鞋底。我停下腳步，感受到了冰冷的雨水滲入套在腳上、那廉價的破爛白襪。

在我停佇的那一刻，飄蕩的雙眼彷彿被莫名的力量驅使，顫動地停在鉛灰的圖書館門口。雨中模糊的影像重演，她的身影從大門的階梯下到了人行道上。

奇妙的巧遇。

我無法解釋，但在那刻我下意識地閃身、躲入一旁的粗大樹幹後。沒有餘裕思考接下來的行動，我只跟隨本能。

女孩朝校園大門的方向走去，我小心翼翼地保持距離，不讓她脫出我的視線之外。

在一棟教學大樓附近，她轉了方向，朝車棚前進。

我在心中快速盤算。看來她是在外頭租房子住，恰巧我也是，車子也停在車棚裡，如果若無其事地進入車棚，再騎車尾隨她……

才剛跌入思緒中，女孩便已消失在靜止的車群裡。我急忙地跨過低矮欄杆進入車棚，盡量不露痕跡地四下搜尋她的身影。

在不遠處的角落，女孩在一台紅色小五十旁，放下提包，戴上安全帽。

我戴上若無其事的面具，漫步到我的機車旁，拿出車鑰匙。

紅色小五十滑出車道。我發動引擎，謹慎地跟上。

出了車棚的門，女孩往右方騎去，前行了一段距離，突然右轉，進入一塊住宅區。

原來如此。這條街距離學校步行時間只有五分鐘左右，不少沒抽到宿舍的學生在此租房子住，照這個情況看來，她可能是住在其中一棟房。

騎經了兩個巷口，小五十速度轉慢，然後往左拐進一棟樓的玄關。

我把機車停在附近的空地，然後擺出自然的姿態，朝女孩停車的住家方向走去。

我躲進對面的巷口，小心地監視。那是一棟紅磚色尋常住宅，應該是一般住家出租給學生住；這種房子裡的房間大多是雅房，必須共用浴室，套房可能只有一兩間。

她會住在哪一樓呢？

女孩停好機車，拍打袖口上的雨水。她取出鑰匙串，打開大門，進入。

在門碰地關上的那一剎那，我的心中湧現一股挫敗感。從灰濛濛的天滴落下的水滴，沉重地擊打著我。

濛濛細雨為滂沱大雨所取代。

三月八日　星期二

第三次見到那女孩，是在一個微冷的早晨。

那天我一整個早上都滿堂，從福利社買了一個麵包，邊走邊啃；飢餓在腹中肆虐。

空氣中不見雨絲的蹤跡，有的是淡淡的愁悶。

當我行經仍舊鉛灰的教學大樓時，一道嗓音喚起我的注意。

「靜玟！要上課啊！」

我往聲音來源處望去。說話者是一名站在大樓廣場上，披著粉紅色薄外套、抱著大部頭原文書的短髮女孩。

另一名在一樓長廊上、穿著米色運動鞋的女孩停下腳步，轉頭，露出微笑。

「對啊，亞伶，你沒課嗎？」

亞伶踏上走廊，似乎準備展開一場漫長的閒聊。

我往兩名女孩身邊走過去，目標是離她們不遠處、在廁所旁的飲水機。

我從背包拿出水瓶，打開出水開關，看著涓涓細流穿過透明的瓶口。

是她。是那名女孩。原來她叫做靜玟。

「我今天滿堂，」靜玟說，她的嗓音很嬌柔。「中午也不回家了，社團還有會要開，今天會很忙。」

「這樣啊，你們美術系功課會很重嗎？」

閒扯了兩三句，靜玟的手機響了。似乎是有急事，她匆匆與亞伶道別，便快步上樓。

水瓶滿了，我關掉開關。離開教學大樓。

在心中，似乎有著什麼東西火燙地燃燒著。我感到一股悸動。

五天前才見過的女孩身影，今日又重現。這一遍又一遍的巧遇，代表著什麼？

我步向車棚。第一節課的鐘聲早已響畢，我準備連翹四節課。翹課的快感此刻也抵擋不過失卻美麗事物的悵惘。我的腳步顯得沉重。

美術系……

靜玟是美術系的學生，我是不是可以透過該系的朋友多了解這名女孩？這似乎是可行之道。我也可以上ＢＢＳ美術系的板找尋有關她的資訊。這也是個好方法。

對，就回家上網調查吧。

找到我的機車，發動引擎，心中似乎燃起一些期望。

就在我騎出學校車棚時，一幅影像掠過腦際。那是我上禮拜騎車跟蹤她的情景。對了，何不到她住的地方去看看？雖然沒有鑰匙可以進入，但……四處看看又何妨？

右轉，前行，再右轉。機車進入了學校旁的住宅區街道。我的心怦怦直跳。

在第一個巷口處有一塊空地，那裡停了十數台機車與幾輛轎車。我把機車安頓在那裡，接著，我戴上帽子，壓低帽簷，再將衣領拉高，然後步行前往目的地。

周邊的住屋看起來都是高級住宅，路上無行人，偶爾有幾台腳踏車徐行而過。冷冷的天氣透顯出一種說不出的空洞。

靜玟的住處從正面看去，只有左邊有毗鄰住家，右邊接著一條巷子，巷子再過去是一個用鐵網圍起來的籃球場。

大門當然是緊閉的。門前右側有個小小的庭園，左邊則停了兩輛機車，想必是屬於住在該棟房子的房客。

我走過靜玟的住處，停在籃球場的入口。裡頭沒人。

也不確定接下來該怎麼辦，我只是望著漫無目的地站著，想像那天女孩在玄關停車、進屋的畫面。

這時，一輛機車滑進靜玟住處的玄關，一名女學生拿下安全帽，相當匆忙地將它掛在後視鏡上，然後掏出鑰匙、打開大門，幾乎是狂奔地進入房子內。大門就這樣敞開著。

目睹到這一幕，我心中突然升起一個念頭。我快步離開籃球場，以小跑步的姿態踏入停放機車的玄關，然後穿越敞開的大門，進入屋內。

屋內相當陰暗。正面牆壁貼滿水電繳費單，右邊一條小走廊並排著三個房門。第二個房門對面是上二樓的樓梯，樓梯旁是一間小浴室；第三間房門的對面——也就是浴室的隔壁——是一間小小的客廳，裡頭有電視機。

室內的空氣有些冰冷，夾雜著一股若有似無的霉臭。這時從樓上傳來急速下樓梯的聲響，我不多做思考，一個箭步踏入小浴室，無聲無息地關上門，屏息靜待在一片黑暗之中。

急促的腳步聲掠過一樓的地板，出了大門，然後是力道不小的關門聲。接著，引擎發動，一陣揚長而去的機車聲劃破早晨陰冷的靜謐。

我又靜靜地在黑暗中待了幾秒，確定外頭無聲響後，才輕輕打開浴室的門，踏出去。

往走廊盡頭望去，有一道紗門。紗門後似乎是洗手台與洗衣機；洗手台上方吊著曬衣服的竹竿。幾件衣服無力地垂掛在那裡。

相當尋常的住家風格。靜玟會住在哪一間？

在我疑慮之時，突然聽到了某種聲響。

也許是安靜的氣氛增加了聽覺的敏銳度，我馬上辨認出聲音是從第一間房傳來。是沉重、安逸的鼾聲。

我側耳傾聽，幾乎將臉頰緊貼於門上。裡頭確實是人的鼾聲沒錯。既然靜玟還在學校上課，那這間房不可能是靜玟的房間了。

實在找不出其他線索來判定靜玟是不是住在一樓另兩間房的其中一間。我有點沮喪，決定先上二樓。

必須小心不能被房客發現。玄關處停著兩台機車，那至少應該有兩名房客在家；其中一名熟睡中，所以我需要提防的很有可能只有一個人。

我彷彿成為深入叢林的探險家，不知道接下來會發生什麼事。步上陰冷的階梯，踩著無聲響的腳步，我的身體因緊繃而僵硬。

樓梯間因為沒開燈而顯得相當昏暗。上到二樓，左手邊有著一扇門，正面立著兩扇門。看來二樓也是有三間房。

從三樓傳來極大的音響聲。第二名房客在三樓。

這時我注意到二樓與一樓的一個不同處。二樓的房門前都整齊擺放了房客的鞋子，中間那間房的房客甚至在門旁立了個鞋架，可能是鞋子太多的緣故。另兩間房門前也各擺放了三四雙鞋；從鞋的樣式看來，三間住客都是女性。一樓可能是因為走廊太狹窄的緣故，不便將鞋子擺在門外。

就在我粗略瀏覽各式各樣的鞋子時，一雙鞋攫住了我的目光，我的心霎時悸動了起來！

那是一雙小巧、別緻的藍色休閒鞋，曾經映入我的眼簾兩次。

那是靜玟的鞋。

絕對沒錯，這間房應該是她的房間，除非這棟樓有人跟她買同一雙鞋……可能性太小了。

回想剛剛看見靜玟的場景，她穿的是米色運動鞋，所以藍色休閒鞋留在這裡。一切情況都吻合。

休閒鞋一旁是一雙格調高雅的涼鞋、室內用拖鞋與一雙破舊的銀色運動鞋。在鞋子一旁，一條穿過白色壓條的紅色網路線橫陳地板、從底下門縫穿過。網路線從三樓垂吊下來。另兩間房也是相同的情形。想必是三樓有IP分享器。

靜玟的房門對面一步之遙之處便是浴室。這間浴室比一樓的還寬敞、整潔；馬桶後方有擺放各類盥洗用具的架子；洗手台上一扇小窗戶，微弱的陽光從那裡透射進來，幾粒微塵在光線中旋轉，予人一種縹緲的感覺。

我回過身來面對房門，下意識地伸手轉了轉門把。是鎖上的。

當然是鎖上的，難不成要期待她忘了鎖門？

我嘆了口氣，低頭。四雙鞋又映入眼簾。

這時候我感到相當不對勁。為什麼那雙老舊的銀色運動鞋會不協調地擺在那裡？休閒鞋、涼鞋——甚至拖鞋——都相當整潔乾淨，只有那雙破舊的運動鞋還沾滿灰塵，似乎很久沒有穿過。

真是太奇怪了，是準備要拿出來清洗嗎？

我蹲下身子，拿起其中一隻運動鞋，翻來覆去，找不到任何可取之處，卻沾了一手灰塵。

突然，一件物品從鞋子中掉了出來。

物體掉在木頭地板上發出了清脆的聲響，我心頭一怔，回頭往三樓望去。音響的聲音仍在；除非出房門，否則那名房客絕對不可能聽到二樓的動靜。

我放下運動鞋，拿起地板上的鑰匙。那是一支跟世界上所有房間鑰匙的長相完全一模一樣的平凡鑰匙，看起來黯淡無光，彷彿它所能揭露的那間房也是同樣地晦暗。

我顫抖地拿著那把鑰匙，站起身，腦中一片空白。

我將鑰匙插入鎖孔，轉動。

門應聲而開。

心中的緊張感在那一刻急遽放鬆，但取而代之的是另一波新的緊繃。

連室內擺設都還沒仔細看，我便以最快的速度將鑰匙塞入口袋、脫下球鞋，拎著鞋子踏入房間內，然後轉身將門輕聲關上，再鎖上。

這是一間寬敞的雙人房。一股女性才會具有的獨特香氣瀰漫於室內，似乎勾勒著房間主人看不見的形影。

站在門口望去，右前方有一扇窗，黃色的窗簾是緊閉的；右手邊躺著一座木板床身的雙人床，沒有床墊，上頭有一條藍白格子紋飾的棉被，枕頭只有一個；窗前擺放著兩張桌子，左手邊是電腦桌，右手邊是書桌；一台液晶螢幕與一套喇叭靜靜地佇立在電腦桌上；書桌上立著一台形式新穎的錄音機，文具、書本有條不紊地堆置在桌面。正對著房門的是一座衣櫥，衣櫥前堆置了少許雜物，如行李箱、體重計、塑膠袋、吸塵器等等，旁邊還有一台粉紅色小電扇。

我往右轉身，正對著床鋪；這時兩張桌子的位置在我的左邊；我也發現右邊有一個梳妝台立在牆角。

我下意識地抬頭看了看天花板。天花板幾乎呈八角形，如果把房門至衣櫥頂上的這塊長方形區域去除掉，整個房間就是完全的八角形。這時我想起，從街道上看這棟房子時，整個建築的右半部的確是突出的柱體，也就是說，靜玟的房間是二樓的第一間，面對街道。

我的視線不自覺地又落在床鋪上。圍繞床的三面牆壁皆開有窗戶，但只有左面窗簾是拉開的，也就是書桌前那扇。在梳妝台的左手邊——也就是面對床鋪時的右手邊——有一扇門。我轉動門閂，打開門，發現外頭是一個面對巷口的小陽台，十分骯髒；陽台角落有一個紅色的垃圾袋，微微發出食物的腐臭味。

因為怕會有行人看見我，我關上通往陽台的門，心思再度回到房內。

無法想像我竟然置身於她的小天地之內，她每天在此讀書、睡覺、更衣……她在此度過每一個夜晚。

棕色的木板床靜靜佇立著，我很訝異竟然沒有床墊；不過想想也不奇怪，曾聽過有人不喜歡睡在租賃房間的床墊上，認為那不曉多少人睡過的墊子非常骯髒；況且直接睡在硬木上，比較能消除肌肉的疲勞。靜玟或許就屬於有這類想法的人吧？

我輕輕撫摸著棕色床板，身子不自覺因激動而顫抖。

從床緣，我的手掌順著格子紋線探索，爬升至方形的枕頭上；枕頭套上幾根殘存的細長毛髮彷彿在剎那間延伸了長度，迅速滋生，一圈圈地捆住了我粗糙的手腕，緊縛的程度大到足以陷進肉裡；而我感受到的卻是融為一體的甜美。

看著床上那單一的枕頭，我直覺性地思考到了某件事。

靜玟應該是一個人住這間雅房。

枕頭只有一個，鞋子也沒幾雙，而且雙人房內顯得相當空曠，物件不多，怎麼看都看不出有兩個人共住的痕跡。

這種房間一個月也要四千塊以上吧，雖然不是套房，但空間不小。

我感到拎著鞋子的手發疼，於是小心翼翼將其擱置在電腦桌腳旁，並墊上一張丟棄在一旁的報紙，防止泥土之類的東西掉落到地板上。

突然感到緊繃之後的疲累，我在地板上坐了下來。

這是今天看見靜玟後，頭一次腦袋開始做理性思考；房內靜玟的幻影漸漸離開我的身體，像輕煙散入香濃的空氣之中。

靜玟說過她今天很忙，放學後才會回家，所以我可以很放心地待在這裡，不必急。

我開始思考一個剛剛就想弄清楚、卻被轉移注意力的問題。就是關於鞋子內的鑰匙。

其實仔細想想似乎也沒什麼，那把鑰匙一定是這間房間的備用鑰匙。在外面租房子住常常會發生鑰匙忘在房內而將房門鎖上的麻煩情況，要不是找房東拿備用鑰匙來開門，就是要花錢請鎖匠；因此許多人都會多打一份鑰匙放在外頭，以備不時之需。

顯然靜玟是拿那雙不穿的運動鞋當煙幕彈，將備用鑰匙藏在裡頭。一個有趣而大膽的點子，十分方便。誰會想到要偷或清查破舊的爛鞋子？

她到底是個什麼樣的女孩子？我遏止不住好奇的渴望。

抱膝坐著，遐思中的我瞄到了床底下一個顏色鮮豔的盒子。像是鞋盒。

我彎下身子，往床底探看。

五六個鞋盒堆積在床底，灰塵滿佈；不光是鞋盒，一些雜七雜八的箱子也都擺放在床底下。床底除了靠牆的床頭那一邊，另外三側都被雜物所圍起。我趴臥在地板上，稍微推開鞋盒往床底視察，並吃力地將右手伸入。床底下被盒子圍繞幾近密閉的空間佈滿塵埃，顯然未打掃過。

收回右手，擺好鞋盒，我重新站起身，感到有點頭暈目眩。
原來許多雜物都放在床底下，難怪房內顯得空曠。
我轉過身，背對床鋪，面對書桌。書桌上一本筆記簿吸引了我的目光。上頭有著「沈靜玟」的字樣。
原來她的名字是這麼書寫……省去了我查名字的麻煩。
但查明了她的資料，又能如何？
街道上響起機車快速呼嘯而過的聲響，劃破屋內的靜謐。我感到心中湧起一陣濕冷與空寂，房中的氛圍更是加深了這種感覺。
我沉重地低下頭，瞄見床底微微露出的鞋盒。
鞋盒。
鞋盒！
僅僅是很短的一瞬間，一道光突然閃過我腦際！
種種紛雜的情緒湧上心頭，一抹令我感到不寒而慄的念頭從背脊竄升，那念頭佔滿我腦海；有那麼一刻，我只是呆呆地站著，心思完全被我的異想所統轄。
如果這樣子的話……
太瘋狂了。
我持續浸淫在妄想中。當我從瘋狂的異想天開中回神時，我無法確切得知當我沉浸在那股狂想中時，臉上是什麼表情，但我確定我的嘴角揚起了微笑。一種不寒而慄的微笑。

不寒而慄？我不明白為什麼是這個形容詞。不應該是不寒而慄的，應該說是一種幾近瘋狂的浪漫……

浪漫到邪惡……

我明白自己的眼神變了。

拎起球鞋，收好舊報紙，視察一遍現場，確定沒有留下任何痕跡後，我離開了靜玟的房間。走出房門前特別確認了沒有房客在樓梯走動，確定沒人後我才下到一樓。一樓的正門我沒將它闔上，只讓它輕掩著。

我用自然的姿態走出了靜玟的住處，朝機車停放處走去。

我右手伸入口袋中，緊緊地握住那把備份鑰匙。

□

騎機車約十分鐘的車程，我來到了市區邊緣的一家鑰匙店。

店面十分陰暗、狹小；從裡側的書桌，豎起一面寬大的報紙頁面，頁面兩側露出握著報紙的粗糙手指。點綴整幅景象的是旋繞的裊裊白煙。

面對我的報紙上刊載著斗大的字體：「不滿女友劈腿，男子手刃情敵」。

「我要複製這把鑰匙。」我以冰冷、不帶感情的語氣說。

報紙被緩緩放下，一名瘦小、叼著煙的中年男子透過厚重的鏡片凝視著我。

我回到停車的空地，再度漫步回靜玟的住處。大門仍舊是輕掩著，看來沒人進出過。我推開門，進入。

將門關上後我上到二樓，來到靜玟的房門前，那四雙鞋仍然無聲無息地躺在那裡。

我把備用鑰匙塞回銀色運動鞋內。完成後，不聲不響地離開。

回去學校上下午的課吧。我心想。

空氣依舊冰冷，我再度返回停車處，跨上機車。開始覓食那頓孤獨的午餐。

□

午後的陽光撩起了睏意。

三點二十分，下課鐘響，我踩著疲憊的步伐離開教室，道路上的學生群湧動著，我卻感到身處異邦。

我對人群感到厭煩，他們像是飄動的影子，令我感到窒息。

比起感受人群，有更重要的事等著。

步道旁的草坪上，排列了六張椅子，每張椅子上都坐了一個人。

步過草坪時，這些人吸引了我的目光。

相當別出心裁地，當我看到這些人的頭部時，才明白他們原來是假人。這些假人偶的製作是將衣服、褲子填塞報紙或其他填料使其鼓脹後，再配上鞋子，把全身連結起來，頭的部分用放大的真人剪裁照片來替代。若不細看，還真的會把他們當成真正的人。

旁邊的布條上有著說明字樣，原來是美術系的活動宣傳，用假人來當噱頭吸引行人的目光，不失為一個好點子。

我想起靜玟正是美術系。能想出有創造力的點子、製作出這麼生動的假人，美術系對我來說似乎是個洋溢著創意的系所，是否每個美術系的學生都有著赤子之心與繽紛的藝術思想？靜玟是這樣的女孩嗎？

我接下來的行動，就會告訴我答案。

等會兒七八節沒課，是天賜的大好良機。我快步朝車棚走去，澎湃的心躍動不已。

跨上機車，朝著目的地出發；與我擦身而過的，是其他正趕著來學校上課的，不認識的人們。

不相識的兩個人會因為什麼而起連結？有沒有可能，陌生的兩人能生活在同一個屋簷下，卻依舊維持陌生、不相識？甚至彼此連一句交談的話都沒有？有沒有可能，陌生的兩人能感受到彼此的呼息聲，卻永遠觸摸不到對方？

答案是肯定的。

我把機車停在空地，再將帽子戴上、豎直衣領，朝靜玟家走去。

現在比較麻煩的問題是，必須要取得她家的大門鑰匙，然後再打一支複製鑰匙，否則進出大門的問題將成為最大的麻煩。
我步在空寂的街道上，沉靜地盤算接下來的行動。
靜玟家大門深鎖。
玄關仍舊是那相同的兩台機車停放著，不多不少。
現在該怎麼辦，等人回來開門嗎？要等到何時？
我繞到房子的右側，那是一條小巷子，從那裡可以看到一樓三間房面對巷子的窗戶。
我走近第一間房的窗戶，輕輕敲著半開的窗戶，用適中的音量問：「不好意思，有人在嗎？」
「誰？」屋內傳來嘶啞、低沉的嗓音。
「不好意思，我忘了帶大門鑰匙，可以麻煩你幫我開門一下嗎？」
我聽到椅子挪動的聲音。我趕緊回到玄關前等待。
門被打開了，在那一瞬間我只看到一個迴轉的身影，一個胖大男人的背影。顯然他打開門鎖後立刻就轉回去。
當我踏進屋內時，第一間房的房門正好砰然關上。
運氣很好，遇到一個不想跟人交際的房客，也省得冒險。我原本還在想，萬一對方認出我不是這棟樓的房客時，該怎麼回答才好。看來這個麻煩省掉了。
我把大門關好，帶著戒慎恐懼的心情上到二樓，走到靜玟房前。
鞋子沒有多出來，靜玟還沒回來。她最快也要五點半之後才會回家。還有時間。

掏出複製好的備用鑰匙，脫下鞋子，我進了女孩的房間。進入後，我從口袋拿出一個塑膠袋，小心地將球鞋放入袋子裡，再打結，擺放在地板上。

接著我的目光移到衣櫥前的吸塵器上。

那是一個小型手提式吸塵器，前端已接好大軟管與硬管，黑色的插頭插在插座上。

我走到床邊，彎下身子，小心地撤出床底右側的雜物；包括了兩個裝滿紙張的塑膠箱子、幾個鞋盒等等。我將這些物品暫時挪到一旁的地板上，盡可能地不要打亂它們排列的順序。接著，我提起手提式吸塵器，按下開關，將硬管導入床底下。

必須相當小心，床底下除了灰塵外，也有一些橡皮筋或紙張之類的大型物品，不能讓這些東西被吸入吸塵器內，否則靜玟檢查吸塵器時會起疑。只能單純地吸入灰塵。

完成後，將雜物依原本的排列順序置放好。床底的其他兩側也分別將雜物取出、清理、再堆放好。

大概清理完床底後，我將吸塵器歸位，並且小心翼翼地注意它是否回復原來的擺放狀況。管子的彎曲方向必須與原來一致，以防被察覺挪動過。

我看了一眼手錶。四點三十分。

暫時找不到其他事可做。我恣意瀏覽房內擺設。書桌與床頭之間有個靠牆的小書架，上頭除了教科書外，還有一些美術書籍、雜誌，書並不特別多，似乎對閱讀並不熱衷。反倒是書桌上及牆壁上到處可見一些精美的小吊飾。仔細觀察，應該都是靜玟手工自製的。

我這時才注意到在電腦桌左面的牆壁上掛著一張寫生，應該是靜物寫生吧，畫的是校園一角的素描，主要景物是女生宿舍，線條優美地呈現出那建築物的稜角。我一時被吸引住，神往地沉迷在黑白世界中。

一陣機車聲驟然打破我的默想，將我拉回現實。

機車聲消失在玄關處，難道……

我下意識看了一眼手錶，四點四十五，但靜玟五點半才下課。

或者，那不是她？

不管回來的人是不是她，我都不能冒險，否則計畫將付之一炬。我快速提起裝鞋的塑膠袋，接著將床鋪靠近書桌那一側底下的部分雜物挪出，騰出一個可容身體進入的空間，鑽入，將塑膠袋拉進床底，再將雜物回復原狀。我以匍匐的姿態趴臥在床底；三面的箱盒壁壘形成光線障壁，但未完全遮擋住光線。有幾個盒子堆得不夠高，光仍能從上緣滲入；某些盒子靠得也不夠密實，我仍能從縫中望見前方的地板。

我的頭部上方是床腳，套著襪子的兩隻腳掌則朝著床頭，我彷彿成為一具與正常睡眠位置倒轉的趴睡軀體，從床上陷沉進床底，融入黑暗之中。

天色未全暗，但我可以感受到緊迫逼人的濃黑從天幕中慢慢朝大地挺進。

玄關傳來開門聲。逐漸，樓梯傳來穩定的踩踏聲響。我屏息靜聽。腳步聲是女性的風格，沒有男性莽撞的氣息。聲響行經二樓，逐漸遠去。

原來是另一名住三樓的房客。

我稍稍鬆了口氣，內心卻升起更多、更強烈的期待。床底的我已經漸漸進入被癡迷妄想覆蓋的境地，我的胸口發燙，鼓動的心似要躍出。

等待，現在就只有等待了。

隨著時間一分一秒地逝去，窗外的天色漸暗，我的身體像凍結般地緊繃，聽覺剎時變得極端敏感，一聲一響都不放過。

我像是人形蟲，在床底下的陰暗蟄伏。

冰河般流動的時間，流至了五點半。我聽見學校的下課鐘響。

應該再十分鐘左右，她就回來了吧，不過若是先去吃晚餐，就會晚一點。

我繼續等待，直到再次聽見由遠而近的機車聲停在玄關處。接著是開關椅墊、鑰匙碰撞的聲響。

我凝神細聽。規律的腳步聲上移，踩踏的力道不重，甚至帶著一股輕盈。應該是女性。

腳步聲在二樓停下。鑰匙插進鎖孔的聲音清晰可辨。

是她。

我小心挪動視線，眼前的置物盒間有空隙，因此可以清楚看見有限視界內的景象。光滑的瓷磚地板，地板上的髮絲，靠牆的垃圾桶，還有她踏入室內、套著黑襪子的纖纖細足。

房門在我的左側與視線成平行，靜玟穿著黑色白條紋長褲的雙足映入我眼簾。我只能看見膝蓋以下的部分，甚至更少。我也不敢大幅度挪動身子換取更大的視野，深怕一不小心弄出聲響而被發現。

門關上後，黑色的足踝在門前停留，鑰匙串與門板的撞擊聲傳出；接著，女孩走過我眼前，朝右側書桌行去。

沉重提袋落在木質椅子上的聲音。

面向書桌的這一側床底，盒子間的縫隙還是可以讓我捕捉到黑色的褲管與襪子。這些破碎的形影在眼前晃動，凝視久了，我的眼睛湧起一陣疲疲。

看累了，我便闔上雙眼休息，代之以聽覺，推測靜玟的行動。

女孩似乎是把晚餐帶回來吃，我聽見橡皮筋摩擦便當盒的聲音，也聽見鋼筷撞擊聲。因為浴室在外頭，所以相當不方便，洗東西、上廁所都要跑進跑出。

女孩開始用餐了。電腦開機的聲音也在此刻傳出。

我感到趴臥的身體痲木，極為謹慎小心地，我翻轉身體，將姿勢改為仰躺，並留意不觸碰到腳底的塑膠鞋包，塑膠袋的聲音可是相當刺耳的。下次應該要換成布袋。

凝視著陰暗的床板，我豎耳傾聽。靜玟哼起歌來，不常聽音樂的我，也無從分辨出是什麼曲子。

她那細緻高昂的嗓音，在房內迴盪，串起了空氣中無形的、瑰麗的分子。

令人難以置信。我與她共處同一屋簷下，同一個房間裡，縱然看不到她的容顏，縱然無法與她做任何交談，我卻有著一種統轄式的興奮感，那就像是攀越山巔俯瞰秀麗的景色，寧願不顧性命、冒著風險，也要恣意享受最原始的自然風貌。

我品嘗著這股迷離，感到不可思議。

棺柩，像棺柩，我像躺在棺柩裡頭的一具死屍。這張床，正是死者永眠的棺木。

我不知道為什麼這個奇異的比喻念頭會進入我腦海，但它的確出現了。

我是躺在棺木裡的男人，我是棺木鑄成的男人。這個該感到愉悅的時刻，我的心中竄升起死寂般的念頭。

我呆呆地望著黑暗中的床板，好像期待其上會綻放出滿天的星斗；我的思緒，時而麻痺，時而靈動，時而像陰深幽谷下的死潭，時而像浪峰頂端的水滴。

但我仍掛念著一件事。

時光流逝，大約是七點左右，靜玟的手機響起。

「喂？喔……對啊……我今晚不會出去了……」

從後面她的回答推斷，好像是靜玟的朋友打來，大概是要找她吃東西吧。

「那就這樣囉，掰掰！」

結束通話後，靜玟站起身，走到衣櫥前。

我換回趴臥姿勢，盯視著前方。

女孩裹著黑襪的左腳突然升高，消失於我的視界之外，接著又降下，黑色襪子不見了，取而代之的是白皙的足踝。

她在脫襪子。

兩隻襪子被扔在一旁的地板。衣櫥打開的聲響傳來，靜玟似乎在挑衣服。

挑完衣服後，站在原地停了一會兒，大概是在整理衣服吧；接著轉身，朝左邊門口走去。她在房門前停佇，接著傳來鑰匙碰撞聲。

我記得稍早進房時曾看到門上黏著掛鉤，看來靜玟很可能是將鑰匙串掛在上頭。

為了要完成我執著的幻想，除了取得這房間的鑰匙，我必須再擁有這棟房子的大門鑰匙，如此才能自由地出入封閉的兩道門。

我已草擬好今後的計畫，也下定決心逐步實行。現今必須跨越第二道障礙：要如何取得大門鑰匙？

我聽見按下門鎖的聲音，然後是關門聲。應該是去洗澡吧。如果說她把鑰匙帶出去，那就沒轍了，必須等待其他時機。萬一每次她到廁所都把鑰匙帶出去，那不就沒機會了？若真的是那樣，只好到時再想其他方法。

一定要先確認。

我小心撥開眼前的鞋盒，以緩慢的速度像蛇一樣從床底逸出，站直身子，往門前去。

掛鉤上懸著兩串鑰匙，其中一串只有兩支，明顯是大門與房門鑰匙。如果現在拿著大門鑰匙出去複製，那到時要如何不被發現地進入房間？靜玟已經說她今晚不會再出門了，我根本沒有機會能偷偷潛入。

外頭仍持續傳來水聲，靜玟仍在沐浴。

到底有什麼辦法，能弄到大門鑰匙而不被發現？而且要有時間能打造一把才行！

緊迫的思考，腦袋不停地運轉，卻徒勞無功。

過了半晌，外頭水聲停止，我這才意識到該是回「窩」的時候了。

以同樣謹慎的姿態鑽入床底下，我仰臥著，頭朝向門的方向，閉上雙眼，繼續思考。

要複製鑰匙，必須有時間以及機會，或許還需要一點運氣。

一定有辦法！一定有辦法！

不知在局部的黑暗中沉思了多久，當我意識到全面性的黑暗降臨時，才從激烈的腦部交戰中脫身。

靜玟睡了。

也難怪，她說今天滿堂，累是正常的，早睡沒什麼稀奇。或者，現在已經很晚了？

進房後我頭一次感覺到疲憊，但該思考的事卻毫無進展。如果想更進一步，就要解決現下的問題……

我抱著頭拼命思考，腦中如有萬馬奔騰；就在一瞬間，思緒交叉，迸出火花……對了！

持續交織的圖像延展，行動步驟成形，腦中的條理安放到適當位置，我譜出了一張雖粗糙但卻可行的樂譜。

只要這黑夜一過，便可進行最初旋律的試音。

三月九日　星期三

天未明之際，我悄悄挪動身子，從床底下脫身。

那緩慢的速度，慢到彷彿時間靜止，像時鐘裡的時針一般，在凝結的空氣中做著看不見的移動，為的是製造出全然無聲的聲響，掩蓋我癡迷妄想的行蹤。

我從床下滑出，無聲無息地恢復鞋盒的位置。包著鞋子的塑膠袋就讓它留在原地，因為要讓塑膠袋不發出聲音很難，我打算回去拿個布質袋子來替換。只好先不穿鞋行動了。

打開門前我看了一眼掛在鉤上的大門鑰匙，用盡全部的心思記憶它的形狀。

轉向房門，我輕握門把，旋動。時間的流逝遲滯，遲滯的事實上是我的動作。

接著，輕輕出了房間，按上鎖，關上門。

一切順利。

昨天來到這裡之前我沒有喝很多水，但畢竟也過了一夜，尿意相當強烈。下了黑暗的樓梯，來到一樓，我在廁所方便後，打開大門，迎向晨霧。空氣中的冷冽讓我直打哆嗦，我拉緊外衣，朝停車處走去。

必須先騎車回租屋處一趟，進行那件最重要的事情。

想到之後的計畫，我的心又顫動起來。

□

回到了自己的房間，第一件事，是翻找角落的置物櫃，從裡頭挖出一大串鑰匙。

上一次搬離租屋處，我留下了房間與大門鑰匙；之前的房東會定期換鎖，所以這副鑰匙已經沒有用，但它的樣式實在像極了靜玟住處的大門鑰匙，不仔細分辨的話，實在看不出來。

沒想到留下這看似無用的鑰匙，有朝一日也會用到。

我取下大門鑰匙，收進口袋。接下來，打開電腦。

從網路ＢＢＳ的資料能夠得知的不多不少。沈靜玟，美術系三年級，個性似乎內向文靜，在班上不特別活躍，算不上有什麼特別之處。

不過她對我而言是特別的，這是可以確定的。

我查詢了美術系的網頁還有ＢＢＳ上班板的資料，終於查到靜玟班上的課表。必修課的時間掌握了，選修課卻毫無頭緒。知道她的作息，我才能排定入侵她房內的時機。

沒關係，讓經驗來教導我吧；況且，我也可以從她機車在不在玄關這點，來判斷她是否在房內。

今天是禮拜三，下午有週會排定的演講；查過學校網頁，美術三是被強迫參加的班級之一，也就是說，沒意外的話，下午三點四十的時候，她人應該會在學校的演講廳。那麼，那個時段也正是我回到第二個家之時了。

□

三點半我來到靜玟住處，等待進門的時機；三點五十的時候，住三樓的房客正巧回來，我小心地遮掩面容，尾隨他進入；對方什麼都沒問，只是逕自上樓。

靜玟的機車不在玄關，可見她還沒回來；我放心地用鑰匙進了房間。

我所帶的行李，除了裝鞋子的袋子外，尚有一些乾糧，以及尿袋，都是為了能長時間留床底下而準備的。

我首先拉出了床底下的塑膠袋，查看外頭無人後，用最快的速度下樓去，讓大門敞開，奔至我停機車的地方，將塑膠袋塞入車中，再若無其事地回到靜玟房內。

我在房間中留連等待，一直到小五十的機車聲由遠而近，我才拎著袋子快速鑽入床底。

今天的模式與昨天相同，靜玟同樣帶著便當回來，吃完飯便洗澡；無法確定她是否會再出門，因此我並沒有任何動作。

晚上的時光，她幾乎都在電腦桌前度過，只接了幾通聯絡功課的手機。

就我記憶所及，她明天早上一二節有必修課，或許可以利用這段時間。

就這樣，我在緊張與甜蜜的交戰下，又度過了黑暗的一夜。

三月十日　星期四

隔天同樣天未明時，我帶著垃圾悄悄爬離床底。掏出準備好的鑰匙後，我將它與門上的大門鑰匙做替換，然後小心翼翼地出門。

當然，打鑰匙是當務之急，不過也得等店家開了之後。

□

將近十點時，我帶著打好的鑰匙回到靜玟住處，進入房間內。

接下來的計畫並未經過周詳策劃，我只是模糊地想著，靜玟中午若有回來，我期待她會進浴室，這樣便可以再把大門鑰匙給換回來；若她回房間之後並沒有立即進浴室就又出門去上下午的課了，那我只能等待晚上她洗澡的機會，如此一來，下午便要持續留意機車聲，一發現靜玟回來便要打開大門，以免她用不合的大門鑰匙開門進而發現自己的鑰匙不見了。

我現在的等待，也是為了要不留痕跡地替她開啟大門。

不能分心，要注意機車聲，如果是她的小五十，便要用最快的速度下樓開門。

就在一片靜寂中，我等待著。

時間流逝，一直到十二點多，熟悉的機車聲傳來，我才從冥思中驚醒。

迅速下樓，鬆開大門的彈簧鎖，再奔回房間，鎖上門。

得趕緊躲起來。

猶如例行公事般，我熟練地鑽入了自己的地盤，靜靜從鞋盒間的縫隙窺視一切。

門鎖彈開，靜玟步入房內。

我聽見掛鑰匙的聲音，接著脫下襪子的白皙雙足滑過眼前，在衣櫥前佇立半晌，接著是衣架碰撞的聲響；下一瞬間，她推開房門、關上。

這是大好機會。

靜玟一定是下樓收衣服，必須趁這個時機，趕緊掉換鑰匙！

我離開了床底，掏出原本的大門鑰匙，將其與掛在門上的假鑰匙做交換，再將鑰匙串掛好，完成後，無聲無息地回到床底。

大功告成。不留痕跡地複製了兩把鑰匙，從今以後，我能夠自由出入這棟建築了，也就是說，只要我想要，隨時能夠來到這裡陪伴靜玟。

在喜悅的耽溺中聽見了上樓的腳步聲，我的思緒才轉回下一件該做的事。

必須要花一個禮拜的時間紀錄靜玟每天的作息，如此才能確定哪一天該在哪一個時段進入房內躲藏。看來這床底下的生活，目前尚未穩定。

但我的心卻已狂躍，翻滾在看不見的未來中。

三月十一日至十八日

我仔細地紀錄了女孩每日的作息，發現她不是一名社交活動繁多的人。幾乎每天一下課就回到房裡，除了外出買午餐、晚餐，其餘時間都在書桌前度過；因此她的行動很好掌控。

經過了一個禮拜的觀察，我大致歸結出往後的行動藍圖。禮拜一至禮拜三，我會在五點左右到靜玟的住處，因為這三天她會在五點半才返回，並帶晚餐回去吃，因此她回去後我沒有機會再潛入，一定要在下課前就躲藏好。至於禮拜四到禮拜日，我會在晚間五點半時在附近等待，只要她一出門買晚餐，那便是我進房的時機。

夜間過去前我會先洗完澡、填飽肚子，之後便不再吃東西；小便這類的麻煩事，我會以尿袋來解決，隔天離開時再順道帶走。至於離開房間的時間，當然是等靜玟早上離開房間後，再趁機溜出去。禮拜一、二、四，我預定離去的時間是早上約八點，因為這三天她第一節就有課。至於禮拜三、五、六、日，就利用她外出買早餐的時間。

計畫的粗略輪廓便是如此，或許關於出入房間的問題會有很多意外，但只要不被發現，再不方便我都能忍受。

晚間留在床底下的感覺十分奇妙難忘，靜玟就睡在我的上方，只差一點距離，我們便能疊合為一。在黑暗中激盪出美麗的遐想，我卻從來不會去逾越那條界線，這樣美麗的眷戀，似乎已成為我生活的全部。

床底下的男人，生存在床板與地板所組成的棺柩裡，品嘗著只有自己才能了解的愉悅與甜蜜……

我到底是一個什麼樣的人？

三月十九日　星期六

在意靜玟的一切，是理所當然的事，當然對她感情世界的關心，也就自然而然成為我關注的重點。

在我觀察的一個多禮拜時間內，並沒有任何人到過她的房間，也不曾聽過她講手機的內容或語調有與哪位男性牽扯上；不知為何，這事實令我心安。

在床底生活的那種感覺，填補了我內心的空虛，即使在黑夜中待上數小時，也從不覺寂寞；

因為我知道，那美麗的女孩在我的掌握之中，她是屬於我的。

在我打好大門鑰匙後的第九天，禮拜六，發生了一件令我意想不到的事；那件事逆轉了我的人生，逆轉了一切。

當天我趁靜玟晚上外出時潛入房內，在房裡晃一圈後，聽見外頭傳來她小五十的機車聲，我便趕緊躲入床下，等待她的到來。

從縫隙往房門看，打開的門閃現靜玟的身影，她今天穿著粉紅色的襪子、黑色長褲；正當我要跌入遐思時，突然，從靜玟的雙腿後，出現了另一雙襪子，那是白色的運動襪……

是個男人！

白色運動襪配上藍色牛仔褲，這是我所能看見的全部；當我聽到對方低沉的嗓音時，我知道自己的直覺沒錯。

那雙腳隨著靜玟的粉色襪子邁入房內，我心底湧起一陣難以言喻的激動，但我壓抑住它，強迫自己聆聽床外的一切。

「今天早上都在幹嘛？」是那道低沉的嗓音。

「沒幹嘛，睡到中午十二點才起來，快一點才到外面買麵吃，附近新開的麵店不錯吃。」靜玟輕快地應道。

就這樣閒話家常了一陣，兩個人坐到電腦桌前，開始討論起課業的事情。

從他們的談話中，得知該名男性也是學校的學生，但就讀什麼系不得而知，只知道他似乎是來指導靜玟功課，好像是靜玟的數學被當，目前重修中，必須繳交一份作業。

教功課教到房間來，這個男的一定有什麼不良企圖；為什麼靜玟這麼容易就讓他進來了？

我感到胸中一股悶氣，一陣憤怒油然而生——我竟然在吃醋，胸臆中的憤恨，不是醋意，不然會是什麼？

握緊雙拳，放鬆，突然覺得自己十分可笑與愚蠢。我，不過是名單戀者，一個沒有勇氣的卑渺人物，以見不得人的手段窺視他人，陶醉在自己的癡迷中；這樣的人，有什麼資格吃醋？

我只不過是棺木鑄成的男人，應該就要像棺木一樣沉默。我的歸宿是黑暗。

靜玟與男人的交談聲在我耳邊漸漸成為無意義的囈語，我迷走在思緒的蜘蛛網中，彷彿暫時失去了意識。直到房門開啟的聲響傳來，我才回過神。

兩個人一邊交談，一邊往房外走去，接著門關上。

靜玟沒有關房間的燈，可見她馬上就會回來；她應該是送那個男的下樓。

果然，過沒多久，房門又被推開，靜玟的粉色襪子又出現；這次進門後，她脫掉了襪子，丟進角落的臉盆。

她站到衣櫥前，似乎是準備要拿衣服洗澡。

心中的那股悶氣與震驚，雖漸漸消退，卻仍燃燒著。

我覺得自己對靜玟有了不一樣的感覺。

三月二十日　星期日

隔天禮拜天中午，我趁靜玟買午餐外出時溜了出去；到晚上，又趁她買晚餐時溜進房內。那個男人的事一直積壓我心頭，我不斷想著，他今天會再出現嗎？

趴臥在床底，我又被有限的黑暗包圍住，一直到房門開啟前，我的心都是緊繃的。

靜玟熟悉的粉紅色襪子出現在門邊，塑膠袋、鑰匙的聲響接連響起，接著門闔上了。我鬆了一口氣。那男人沒有跟回來。

從聲音來推斷，靜玟一邊用電腦一邊吃著外面買回來的晚餐，單調的聲響在室內盤旋著，我只是靜靜聽著。

在不被發現的情況下，與心儀的女人生活在同一個屋簷下，這是可能的；我最初的狂想至此應該算是達成，但那男人的出現，總令我不安，是計畫中的一塊瑕疵。在全身而退之前，我一定得確認那男人不會對靜玟做出任何不軌之事。

全身而退……？難道我要從這場戀愛的冒險中退出？我要做到什麼程度？我是不可能與靜玟相見的，絕對不可能；從一開始，我就選擇隱身，選擇躲藏，而這個選擇也不會有任何變質，但我卻從來沒有想過如何收場。

也許，我冀望著靜玟有一天會彎下身來探查床底，發現我；也許我內心深處期待著那一刻的來臨……

那真是我所希冀的嗎？

恍惚中，一陣清脆的手機鈴聲響起。

「喂？喔，好的。」說完，女孩站起身，穿著粉色襪子的雙足往梳妝台走去，停佇。

有限的視野著實考驗著我的耐性，我猜想她似乎是對著鏡子在整理儀容。整理儀容？除非……

一抹不安再度升起，我拒絕去接受那湧起的揣想。

很快地，靜雯下樓又回來，門開了。

映入我眼簾的是白色運動襪、藍色牛仔褲；那一雙足踝，以緩慢的姿態踏入了房內。

應該是他。

腦袋的嗡嗡作響竟讓我聽不清楚靜玟與他的對話，只見他們兩人走向電腦桌旁，坐了下來。之後好像有一段時間的沉寂，但靜玟開口打破沉默了。

「昨天的題目還有一些有問題。」

「嗯，檔案叫出來吧，有疑問的我已經查過了。」

接著是鍵盤敲擊聲。

我抱著頭，暫時摀住耳朵。

這是怎麼回事？這男的連續兩天都進入靜玟的房間，難道這種狀況要持續？他們兩人，該不會正處於交往初期吧？

這個可怕的念頭閃過我腦際，我感到一陣撕裂般的心痛。

花了那麼多的心血，為的就是要與她一起生活；愛情，絕對是容不下第三者的。我與她之間，絕對不能有空隙的存在。

靜玟與那男人討論的過程中，不時有嘻笑聲傳出；其中幾句，更像是打情罵俏。心中的那股糾結混沌，愈形擴大。

「真的很謝謝你喔。」這話是靜玟說的，我可以想像出她那噘嘴的可愛模樣；但一想到她是對著那男人說的，那鑑賞美麗的心情便為之破滅。

「不會。那麼，那隨身碟我明天再拿給妳喔。」

「真的沒關係嗎？那應該很貴吧。」

「沒關係，反正我已經有一個了。好了，早點睡吧，我先走了。」

兩人從桌前起身，一前一後走到門邊。停住了。

然後又是靜玟的一陣輕笑。

我的拳頭又緊握了，腦中浮現男人逗弄女孩的情景。

「呵……好啦，我送你下去。」

門關上了。

我用雙手合起鞋盒的縫隙，翻身仰躺，閉上雙眼，讓無限的黑暗包籠全身。

三月二十一日至二十三日

之後連續好幾天，每晚那男人都會出現；不知道是不是我的錯覺，他與靜玟的交談愈形親密，愈來愈不像普通朋友；只不過雙方「似乎」還未有進一步的肢體接觸發生。靜玟總是會下樓去接他上來，表現得相當親暱。在床底下的我，總是壓抑波濤洶湧的情緒，拒絕聽到他們的交談。一想到那男人與靜玟有說有笑的畫面，我便無法忍受。

如果再這樣下去，那我與靜玟的共同生活，等於是一種痛苦。

我開始猶豫著要不要繼續下去，但對靜玟的眷戀是不可能因為一名男子的突然出現而中斷的，我應該繼續觀察下去。或許，事情會有轉機也說不定。

轉機？連是什麼樣的轉機，我都揣想不出來，但比起見不到靜玟，我寧願相信能親眼目睹好的發展。

期待那個男人能自我眼前消失。

三月二十四日　星期四

男人第一次出現後的第五天，星期四，晚間時刻我仍順利地溜進了靜玟的房內，等待買晚餐的她回來。此次的心情比起以往，複雜了許多；我伸展藏匿在床底下的四肢，眼睛盯著床板的一片黑暗。

靜玟返回後的動作仍是千篇一律，我頭一次開始感到厭倦，但也許是因為有事煩心的緣故，讓我不能好好品嘗待在這裡的每一刻。

不知過了多久，靜玟的手機響起，我心頭一凜。

「嗯，好。」

說完，她走向門邊鬆開鎖，再走回電腦桌旁。

最近幾次，都是同樣的模式，那男人先用手機告知靜玟他到了，靜玟再下樓開門，讓那男人進入。

所以說，今晚，他還是沒有缺席。

兩人的對談，好像多了分暖意，多了分親暱；原來在無形中，他們的距離已經縮短了，只是我一直逃避接受這個事實。

或許我，才是所謂的第三者。

兩人坐在電腦桌前，低聲細談，間或傳來笑聲和撒嬌似的語調；我的聽覺自動將那男人的聲音摒除在外，但到了最後，竟然連靜玟的聲音都聽不下去了。

我痛苦地在床下蠕動，感到心中一把火在燃燒；我開始後悔今天晚上還是執意要來，這根本是折磨……

突然，房內一片靜默無聲。

我內心的糾結驟然停下，也被這突如其來的沉默給震懾了。發生什麼事了？

在彷彿只能聽見自己心跳聲的靜寂中，慢慢地，有了一些聲響。我豎起耳朵，心頭狂跳。

那是……

微微的喘息與呻吟……

椅子挪動聲傳來，我從縫隙中瞥見四雙足踝移動的影子，雙雙交錯，粉色襪子勾住白色襪子。

一股重量壓上床板，我聽見人體碰撞木板的聲響；靜玟微微的抵抗聲傳來，但隨即消逝。

我兩手開始顫抖，朝耳畔伸去；我想堵住雙耳，卻不知為何，仍抱著最後一絲的希望，希望那最壞的預想，永遠停留在虛幻的軌道上。

夜流瀉著。

女孩一聲夾雜著痛苦與奇妙感覺的哀鳴，劃破了我的心扉，我狂亂地摀住雙耳，但聲音像傾流的洪水般衝破閘門，不斷灌入我的腦中，激起拍擊跌撞的亂流；意識像耳鳴般堵塞，心的一切都被掏空，我彷彿在沙漠中溺水，天的顏色都被抹黑了。夜幕傾倒在我身上。

三月二十八日　星期一

接下來的幾天，我沒有再去靜玟那裡。

那一夜晚的恐怖，我已無法再承受；我猶如被抓到刑台上，千刀萬剮，那刻骨銘心的痛，裂人心肝。

我覺得自己被背叛了，但那種背叛，卻又不同於一般的背叛，完全是我一廂情願的解讀；心底深處，積壓著混亂的情感。

以猶如廢人般的心情度日，我從來沒有這麼痛苦過。

禮拜一下午在學校，正當無趣的課程結束、我正準備離開教室時，班代遞給我一個牛皮紙袋。

「這是放在班級信箱的，」他漫不經心地說。

我接過紙袋，對方頭也不回地離開了。

上頭用工整的字跡寫著我的名字，我疑惑地打開紙袋，裡頭是一本書跟一張字條。

字條用同樣工整的字跡寫著：

親愛的同學，恭喜您是「書蟲社」本週會後抽獎的中獎者！

原來是這個。學校有個以讀書會為主的社團「書蟲社」，現任社長為招攬社員想出了一些怪點子，在每次集社後展開抽獎，而且抽的是社員除外的學生，抽中者贈送獎品——當然是書，而拿到書的幸運者若帶著書前往集社，會有意想不到的驚喜。這是那自認聰明的社長所想出來的噱頭。我不知道他們是怎麼挑選候選者名單，沒想到我竟然中獎了。

原本是興趣缺缺地想把書塞入背包裡，但眼神卻不經意瞥見書名，我皺著眉端詳一番。

《床鬼》。

這是……？

我將紙袋塞入背包，快速離開教室；微冷的天候讓我豎直衣領，我快步走著，與許多不知名的人擦身而過，一股蕭瑟充斥其間。

到達車棚後，我以最快的速度跨上機車，直衝回租賃的小房間；打開背包，取出那本書。

《床鬼》，作者即「床鬼」，是一本頁數不到兩百頁的平裝書，色調灰暗，封面畫著一張雪白的床，鮮紅色的血染紅了床面，床底則溢出一道黑影，上頭點綴著兩隻明亮的眼眸。

書本背面的簡介寫著：「為愛而雙手沾滿鮮血的男人，化身為床底下的鬼魅……」

我腦海中突然泛起熟悉的畫面。對了，這本書幾年前在網路上好像引起不小的轟動，曾有印象在書店翻過，但那時好像在趕時間，只看了前半段。這本書是網路上一位匿名作家寫的，由於內容太過黑暗，引起了爭議。此書曾喧騰一時，但現在已經冷卻下來了，在書市上也為人所淡忘了吧。

確切的故事究竟在寫什麼，我已經有點忘掉，總覺得，好像和我的遭遇類似。不，或者該說，在潛意識中，我模仿了書中的作為……

我真的在潛意識中被影響了嗎？顫抖著雙手，我展開小說閱讀。

隨著一頁頁的翻閱，心中的波濤愈來愈洶湧，我深深陷入其中無法自拔，那故事敲擊著我的每一道心弦，奏出深刻的共鳴，彷彿自己就是裡頭的主角，撕心裂肺地狂吼；闔上最後一頁的同時，手上沾著不存在的血……

書中的主角也是一名大學生，一名封閉、遠離人群的孤獨者；他漂泊在世間，尋找著值得他眷戀的事物，一花一草一木，都可以是他憐傷感嘆的對象，但始終無法撫慰他的心靈。

直到有一天，他在校園中偶然與一名女子擦身而過，他深深被她的美貌所吸引，陷入無可自拔的地步，就連回到寢室後都還難以忘懷，茶不思、飯不想，只為再與她相見一次。從那天之後，他便常在校園徘徊，期待再次偶遇。經過多天的引頸盼望，終於遇上女孩，他小心地尾隨其後跟蹤，一路跟到了女孩在外面租住的地方。男孩費盡心思、用盡方法複製了大門以及女孩居住房間的鑰匙，趁她不在時潛進去；接著他發現女孩的床底下堆滿雜物，但中間地方卻是中空的，於是他異想天開，將自己藏身於床底，如此便可日日夜夜陪伴著女孩；而他也幾乎每天晚上都宿居於女孩的床底，享受著只有自己才能領略的甜蜜。

直到有一天，女孩帶了個男人回來，讓他大為震驚；因為以往女孩都是自己一個人在房裡，連同性朋友也不曾帶回來過。而這名男人與女孩的交談狀似親密，曖昧不清。男人來了兩三次，令床底下的他痛苦不堪，他認為自己被背叛了。沒想到在某一個夜晚，那男人到來之後，竟然與女孩卿卿我我、情不自禁，隨後兩人翻轉到床上，接著是一陣令「床鬼」碎裂心扉的雲雨……

是的，他認為從那晚之後，他化身為鬼魅了，他中斷了前往女孩家的習慣，而讓自己沐浴在黑暗的小房間中。他肝腸寸斷，心中燒灼著憤怒的火焰。經過幾天的沉澱，不知道是被什麼樣的情緒所支配。他買了把短刀，將它帶在身上，再挑了一個晚上前往女孩的房間。

第一晚沒有遇上那男人，第二晚他依舊帶著刀，藏身在床底下，靜靜等候。果然，那男人再度出現了。

這次女孩與她的情人幾乎是不發一語，立即就上了床，纏綿的聲響從上頭傳來，挑動著床底下男孩的心房。他咬著牙，手握著短刀，眼睛盯著上頭的床底。這才注意到木板床底部有一道裂痕。女孩睡的床沒有鋪床墊，因此從隙縫往上依稀可看見衣物露出的蹤跡。從顏色與線條看來，應該不是女孩的衣服。因此他推想，現在貼在床上、沉醉中的人，應該是那男人……

伴隨著上頭的呻吟聲，男孩握緊短刀的手驟然上舉，他兩手握住刀柄，刀尖朝上，將所有力量灌入一瞬之間，用盡全力往那縫隙戳刺……

他聽見一聲慘叫，緊接著，濃稠的血液順著刀身流了下來，沾染了他的雙手；他用力拔出刀子，翻轉身，撥開床底下的雜物，緩緩地爬出。

女孩尖叫。

他直起身子，用出乎意料之外的鎮定眼神盯視著對方。女孩再度尖叫，退向角落。就在她能出聲呼救之前，他向前快速地一刀，將刀鋒深深插入女孩的心窩，他甚至能感受到手中那下陷的力道，那激起痛苦的凜然一刺。

女孩美麗的臉龐盪漾著驚愕與恐懼，睜著眼半張著嘴瞪視著他。

——多麼貌美絕倫的面容！我朝思暮想、日日夜夜思念的面容……可惜妳背叛了我，背叛我，就得死！

他在心中狂吼。

在極度翻騰的情緒中，他傾前身子，將自己的唇貼上瀕死的女孩的唇上。第一次，他感受到那種甘美的香醇熱戀，卻是在死亡的陰冷上體會到的。他緊緊摟著女孩的屍體，溫熱的液體從他面頰流下，融入了身上的黯血。

故事的結尾，男孩穿了件女孩的外套遮掩身上的血跡，離開了凶宅；接著他獨自前往附近的海邊，投海自盡了。

我反覆翻閱著這本書，內心滾滾火熱。我相當確定我一定是在幾年前受了這本書的影響，才會在今日做出類似書中的舉動；這本書的作者，一定是內心質素類我之人。

那種契合的感覺不斷流竄著，我像是找到了知己，一名了解我遭遇與情感的知己，因為他與我有同樣的際遇。這本書像是為我而寫，因著這層巧合，讓我更認同它。

我是否也該……手刃那名半途殺出的「第三者」？我是否也該……讓背叛者得到其該有的懲戒……

抬起頭，窗外暗茫的天色滴落了小雨，打在低垂的葉上。我凝視著即將夜暗的一切。

三月二十九日　星期二

今天，我花了些時間做準備。

我預計明晚前往靜玟的房間，要帶去的除了原本就該攜帶的物品外，還多了一把短刀，那是我在附近的五金行買的。

我其實並沒有下什麼決定，但閱讀《床鬼》之後，卻認為帶著它，才符合書中描述的我。

也許，某些念頭已在心中慢慢成形了吧。

當夜，我在黑暗的房間中坐著，不斷地反思一切，沉澱自己的心思。我並無從預測會發生什麼事，只是望著外頭的星空，讓腦中思緒無意識地流轉。

我幾乎失眠。

三月三十日　星期三

今天一整天我心神不寧，思忖著之後的行動，得到的卻是一片空白。心頭怦怦直跳。

夜晚的來臨，增強了心緒的不寧。我在五點時潛入靜玟的房間，四週一片靜悄悄，外頭天色漸暗，夕陽悲慘地灑落大地。

我同樣將鞋子藏入袋子中，彎身撥開床底的鞋盒，爬入，再恢復鞋盒擺放的狀態。閉上雙眼，仰臥床底。

時間一分一秒地過去。五點五十左右，靜玟回來了，熟悉的感覺一如往昔；她放下書包，出去浴室，再回來坐到書桌邊，吃起買好的便當。

我依舊閉著雙眼，靜靜聆聽這一切。

我頭朝床頭、腳朝床尾躺著，睜開雙眼時，目光正好對上床板上的那道縫，透著亮光。

這時才注意到，靜玟的床板也有著與小說中描述的裂縫；之前一定是被棉被蓋住了，我才沒有發現。

不知道過了多久，房間的燈突然熄滅，我從冥思中驚醒。上頭的床板傳來聲響，接著便一片靜寂。

她睡了。

這麼說來，今晚那男人是不可能來了。

突然有種失落感。懷中的短刀在此刻竟冰冷得發燙。我再度閉上雙眼，讓黑暗包覆全身。

三月三十一日　星期四

隔天傍晚，我在靜玟的住處附近徘徊，等待著她外出買晚餐。這樣的徘徊已非第一次，我相當擔心附近是否會有人注意到我怪異的舉動，因此總焦急著要趕快進入。

好不容易，那熟悉的身影從大門後出現了。靜玟穿著白色外套，走到機車前，手上發出鑰匙碰撞聲。我小心翼翼地躲在對街，看著。

幾秒後，紅色小五十滑上馬路，朝街口去了。我立即往大門走去，用複製鑰匙進入。

同樣熟悉的感覺引領我再度踏入靜玟的臥房，裡頭一切如昔，只是多了些令人厭惡的幻影與回憶。腦中迴避著碎心的形影與聲音，我彎下身，探向床底，撥開鞋盒，鑽了進去。

床鬼。腦海中浮現了這個詞。那本小說……

房內的光漸漸消逝，很快便一片全黑，我在黑暗中凝視著黑暗，沐浴在冰冷中。

少頃，開門聲響起，靜玟回來了。

一切如重播般進行著，她的作息一如行事曆般刻板，直到一通手機鈴聲打破寂靜，也打破床下的我。

「喂……？嗯，好。」

說完後，靜玟粉色的襪子掠過地板，出了房間。

這是一貫的模式，那男人打電話來，靜玟便會下樓為他開大門，再帶他上來。

今晚，果然遇上那男人了。

經過昨夜的撲空——撲空？我有點訝異自己怎麼會想出這個詞，或許那是因為我完全不明白自己心中真正的意向，詞彙已然混亂，心緒傾倒，眼前蒙上暗灰的一片。

他們低聲交談幾句，走向書桌旁，接著又出現在衣櫥前，兩人的腳始終形影不離，如膠似漆。半晌，話語逐漸轉為沉默；從縫隙望出去，兩人的腳對立著，可推想出靜玟與那男人面對面站立，而且距離相當近。

我的手不自覺地伸入外套深處，握緊冰冷的刀柄……

靜玟的腳向床邊倒來，男人的腳跟進，接著是重物壓上床板的聲響；就在呻吟聲中，靜玟說：「太亮了。」接著她跳下床，關掉大燈，只開桌燈。

在昏暗的燈光中，在我看不見的黑暗中，他們忘我地纏綿。

我轉身仰臥，以頭對著床頭的方向躺直。上頭的激情似是一把火，在我的胸口悶燒；我盯視著眼睛上方床板的裂縫，腦中混亂……

我回想起初次見到靜玟，那飄落的雨點；雨水滑過我的臉頰，無數傘花在眼前綻放；女孩在圖書館前懊惱地等著，淡淡哀愁的美……我回想無數個眷戀的夜晚，孤獨望著小窗，內心勾勒著女孩的形影……我回想起第一次進入靜玟的房裡，那種欣喜與顫抖的歡愉……

還有與她共宿一房的時光，每日期待傍晚的到來，燃燒著企盼的火焰，只為了見她一面而甘願冒險；心思的全數轉移，全烙印在她身上；我的心，被愛給燃盡了。

不希望自己如潮湧般的付出有任何回報，卻抱著奇蹟發生的期待。這是欺騙自己嗎？被一廂情願的念頭所困住，心中時時刻刻重播著她的影像，也時時刻刻在想像中佔有她。

我能看見她對我的微笑，直到那男人出現。

床板的縫隙，透出類似格線襯衫的衣服形影。那不是靜玟的衣服，至少我剛剛看見她出門時，不是穿著這樣的衣服。也就是說，目前身體緊貼在床板上的人，是那男人。

床鬼，我是床鬼，是住在床的棺木中的男人。這樣的影像，一直寄生在心中。

夜彷彿更黯淡了。《床鬼》一書的情節，於腦中翻騰。

多麼貌美絕倫的面容！我朝思暮想、日日夜夜思念的面容……可惜妳背叛了我，背叛我，就得死！

只在一轉瞬，流轉於世界的時間凍結了。猶如影帶中的慢動作重播，我清楚地看見自己的雙手握著短刀，朝著那長形的裂縫直刺而上；瞬間爆發的衝力劃破了隨之而來的阻力，用力往上頂，像鐵鏟插入土中。

女人的尖叫聲穿過了黑夜，我睜大雙眼，視線在黃與黑中顫抖，濃濃的暗血沿著刀身流下，蜿蜒細長，爬上了我緊繃的手指；接著，滑入衣袖內。

我直視著前方，雙手一緊，往下拔出了刀身，沾滿了暗色液體。

床外一片寂靜，街道傳來煞車聲，以及狗吠聲；我用一手緩慢推開鞋盒，挪動身子，爬向地板。

此刻，靜玟一定是嚇得退縮在牆角吧。她目睹親愛的男人瞪大雙眼、口吐鮮血慘死的瞬間，內心作何感想？

接下來，我將用這支沾滿鮮血的刀子，刺穿她的心窩，就如小說中所描述的一樣……

心底一股夾雜狂喜與憐惜的複雜情感湧起，又愉悅又哀傷，一想到摟著那沾滿鮮血的女孩屍體，並送上死亡之吻，我的心情便不斷波動。

昏黃的燈光灑落在地板上，我的身子已完全脫離床板的籠罩，緩緩直起身，望向前方的牆壁。書桌的牆壁前沒人。

我微微一驚，挪動視線，四周也沒有看見女孩的身影，只有眼前的桌燈孤寂地照著。身子又開始顫抖了，外頭的狗也停止吠叫，甚至連車行聲都消失了。

我緩慢地轉過身，慢慢、慢慢地，目光跌落在床上……

仰躺、雙眼瞪著天花板的人，正是靜玟；她臉孔痛苦地扭曲，嘴唇蠕動著說不出話來，眼球如冰河般地轉動，似乎注意到我的出現。

那對看著我的眼眸，好像表露無限哀傷。

她身子持續抽蓄，狀極痛苦。

但，這不是令我驚愕的全部。

緊鄰著靜玟身旁，一具人體側身躺在床上，穿著熟悉的白色運動褲與牛仔褲，上半身穿著白色衛生衣；那具軀體沒有頭顱……

我呆望著床上的兩具軀體，茫然了。

怎麼會這樣……

我身子顫抖地更厲害了，頭部如機器人般地緩慢向下移動，瞪視著右手中的短刀。

難道我……

在黃色燈光下，被血液所盤據的刀身，反射出訕笑的光芒；我不敢置信地望向床面。

自以為手刃了那名第三者，沒想到刺殺的是她；雖然都得死，但順序的突然錯亂，讓人一時反應不過來。

但，為什麼那男人沒有頭？

沒有頭……？

我走近床邊，用刀輕輕戳刺了那男人的腿，接著再碰觸了身體。無反應。

我突然發現，接觸的觸感相當奇怪……

疑慮爆發開來，我扔掉刀子，徒手抓住那男人的身體，用力緊握，接著把他翻轉過來——

不、不可能！

從軀體的斷頸處，冒出了報紙與衣物！

他不是人！

我向後退，腳步不穩，腦中浮現了校園中的畫面。這假人……這假人正是在校園草坪上展覽的假人，美術系的宣傳活動！

黑夜彷彿更濃了，我的背部撞上書桌。

草坪上有好幾個填充假人，不能確定床上這是不是其中一個，但至少這是美術系的產物應該沒錯。為什麼、為什麼……這究竟是怎麼一回事？

轉身面向書桌，燈光散射在我身上；我雙掌扶住桌緣，低下頭，幾乎失去思考能力。

赫然，我發現書桌桌面放著一本簿子，上頭以整齊的字跡寫著靜玟的名字，旁邊註明「日記」。

我顫抖地打開它。

裡頭是娟秀的字跡，密密麻麻的文字像一張網將我包覆；靜玟沒有註記詳細日期，只標明是三月。隨著眼睛的挪動，驚愕與恐懼、遺憾融合交錯，流洩進黑夜中。

> 今天我發現了一件不敢置信的事——我的床底下竟然躲著一個男人！
>
> 凌晨時分，曙光微露之際，我被微微的雜音所驚醒，那是一種紙盒摩擦的聲音，細小而不易察覺；我已不清楚醒來的原因為何，只知道眼睛睜開的那一剎那，便聽見那種聲音。
>
> 我拉緊棉被，屏息靜聽，光線雖暗卻仍足以辨識出物體輪廓。就在沉默地等待之時，一道黑影驟然從腳後方升起，我偷眼朝床腳方向望去，發現那是一個男人。
>
> 他躡手躡腳地彎下身，床底下又傳來紙盒摩擦聲，接著他站起身，往房門方向走去，鎖上門，離去。可以發現整個過程都極小心地不發出聲響。
>
> 他離開後，我跳下床，從窗戶往外看，望見了他從玄關離去的身影。
>
> 那個男人，我曾經見過。
>
> 他最近在校園中與我偶遇過。為什麼我會記得？常常，在校園中漫遊時，會不經意

地被某人吸引住目光，哪怕只是短暫的眼神交換、擦身而過，都有可能留下記憶中深刻的一幕。

我看著他離去的背影在朝晨的冷冽氛圍中移動，有一種寂苦盪漾著。我在窗邊駐留了許久。

為何，他會出現在我的床底？為何，他能穿越上鎖的大門與房門？一連串的謎，讓我無法理解。

突然間，熟悉的記憶浮現，似曾相識的情節從腦中湧起。

在好幾年前，網路上曾出現過一篇引起爭議的小說，名為《床鬼》，後來還出版成書。內容描述一名男孩愛上一名女孩，卻選擇以暗中祕密監視的方式陪伴著她；不但複製了女孩公寓的大門與房間鑰匙，還潛入她的房間藏身在床底，每夜都宿於床底，為的是實現他朝朝暮暮的夢想——與心愛的人生活在同一個屋簷下，卻又能不被她察覺。後來女孩帶了一名男人回房過夜，心生妒意的男主角憤而殺了那兩人……

我默默想著，難道，他在模仿小說的情節？

我腦中想像著他的臉龐，環視著空洞的房間，思緒飄回與他不期而遇的那天午後。

□

傍晚回到家，我進到房間後瞄了一眼床底，被雜物包圍的床底看不出任何異樣，不過，某個念頭漸漸在我心中成形。

□

凌晨時分，我再度發現他從床底離開；與上次一樣，我不動聲色地觀察，等到他走後，我下了床，截了兩條與鞋盒顏色相同的短線，分別將它們夾在床鋪兩側的床底鞋盒間。完成後我再回到床上，努力想接續剛才的夢境，卻徒勞無功。

□

放學後回到房裡，我發現短線掉落在地板，這說明鞋盒被移動過。這麼說來，他很可能就在床底，正默默注視著我。一想到這裡，內心升起莫名的感覺……

□

我琢磨著自己對他的感覺。今天下午翹了課，去了海邊，望著大海。我睡床上，他睡床下，那幅奇妙的情景，浮現在海面上。誰能告訴我，為何我難以忘懷那面容？

□

為了美展所製作的假人，比較有瑕疵的一部分成品堆放在系館中。今天下午漫步到作品陳列室時，我站在假人列前，凝視著某具穿著條紋襯衫的無頭假人。這具假人因頭部材料的毀損而被拋棄不用，但其他部分都還完好。我盯視著沒有生命的軀體，在空無一人的陳列室中，內心突然閃現一道靈感。

琢磨再三之後，我到學校的便利商店買了一包黑色大垃圾袋，再回到陳列室，將假人塞進垃圾袋中，搬到車棚，勉強放在機車前面的空間。騎回住處後，我將垃圾袋收在一樓的雜物室內；這是讓房客堆放雜物的地方，房東基本上不會動到裡頭的東西，因此放在這裡應該相當安全。

現在還不能帶上去。

□

下午我翹了兩節課，回到房間內，確認床底下沒人，便在樓下的雜物室搬出人偶，拿回房內。我稍微整修了整具人偶，尤其是下半身的部分，務必使其看起來富真實感。我打算在雙腿的部分加上一些易於操控的器械機關，讓我可以站立著操作人偶的走動，並使其逼真。必須回一趟美教館尋找必要的材料，並挪出時間改造人偶。

□

人偶改裝好了。利用兩支連著大腿的金屬桿，我可以輕易地操控它的步行，但它無法離我太遠，因為我是利用雙手來操控，就像傀儡戲一樣。如果能讓人偶走動自然，那從床底下的有限視野望出去，看到一雙栩栩如生的雙腿，任誰都不會起疑吧。

當然最重要的，是要配上聲音。

這並沒有什麼問題，模仿男人的聲音，對我而言並非難事。以前曾經受過配音的訓練，讓我具備足夠的能力改變自己的聲音。這項特殊技能連同學都不知道。

我是先確定自己有能力做好改變聲音這點，才萌生這整個計畫；否則，我可能會想出別的計畫。

接下來要構思一下我與人偶對話的內容，還有通盤的流程。

我很想看看，當他知道我身邊有男人的陪伴時，臉上會是什麼樣的表情。

真的很想親眼瞧瞧。

□

今晚禮拜六是計畫實行的第一天，晚上我出去吃完晚餐後，回到住處從一樓雜物室拿了人偶，帶著它上樓。進房後，我瞄了一眼床側地板，短線又掉落了，他的確在床底下。

我操作著人偶的移動，一人飾二角進行聲音上的演出。以床底下的視野侷限度加上聽覺的綜合呈現，一定可以讓他誤判。

我期待著他的反應。

□

一連數次，我進行著擬定的戲碼，我讓假人與我的交談循序漸進發展；目前尚無法得知他的反應，但當我沉浸在演戲中，竟有陶醉之感；我一面幻想著與虛幻的理想對象互動，同一時間又意識到陰暗的床底躲著一名傾慕我的「床鬼」，那種奇妙的感覺，竟像吸毒，令人上癮……

□

我為什麼要這麼做？為什麼要製造一名不存在的人，演出一場在旁人看來沒有意義的戲？不，不是沒有意義。當他自以為全盤在他的掌控之中，實際是上我操控了全盤。我要了解，他對我的「愛」，是否像小說中描述的那麼執著；我要了解一個自認為愛我的人，對於目睹愛人與另一人的親密，會有什麼反應？他能容忍？他會憤怒？我操控著假人，就像操控著他的心，在這複雜的三人互動，他要怎麼樣用行動呈現他的心意？他在乎多少？

這些是我想了解的，影響到我對他的「評價」。

我相信，他不會永遠隱匿……

□

要讓激情達到最高點，勢必要有性愛，如果只是單純的親密交談，只會讓他觀望不前，看不出心中所想。因此，我決定安排一次床戲。

我必須讓他蛻變。會幻化成床鬼，不敢現身，代表需要蛻變。我冀望著我在床上所構築出的一切會使他脫去他所無法突破的束縛，也就是拋棄床底，以被激起的勇氣來面對我。那一刻才是計畫的終點。如果他能做到，蛻變後的愛必會不同以往……

□

今晚可能是轉捩點，我沒有事先排練，只要到時盡情發揮，根本不必刻意演戲。我期待著夜晚的到來。

傍晚，同樣回到房間後，在將近九點時我撥放手機鈴聲，製造出有人來訪的假象，再下樓取出人偶帶上樓。一進房內立即開始操作人偶，到書桌前，製造談話……

當談話告一段落，我經過一番虛幻的長吻，我將人偶壓到床上。

我期待著他會出現，將我壓住，或許面露怒容，卻又帶著一絲不忍；我一定會喜歡他那複雜的面孔，還有隨之而起的狂暴。但我知道他不會傷害我。會嗎？

就是抱著這種期待，我開始自我耽溺，彷彿能感受到床底下的祟動……

夜已更深了。四周仍是一片靜寂。

他沒有動作。

或許有點失落，但我明白不能太急躁。

第二次，會再有第二次的。

□

他消失一段時間，想必是為了調整心情，但我不認為從此之後他會不再出現，他不可能不在意的，絕對不可能……

鞋盒間的短線我還是照樣設置，只要一發現他再度出現，我隨時能入戲。為了那幻想中的目標，我發現自己投入愈多，愈不肯罷手。

等吧。

□

日記到此中斷，接下來發生了什麼事，我自己最清楚。

手臂不斷發顫，我放下本子，全身像要崩垮似的，慢慢癱坐在地板上。

床上躺著女孩瞪大雙眼的屍首，以及那具無頭人偶。我茫然地看著他們。

在許久的空白之後，意識中才浮現一些畫面……

難怪，那男人從不更換襪子與褲子，因為那是一具穿著固定的假人；難怪他從來不脫襪子；難怪他每次過來時都沒有機車聲；難怪他與靜玟的雙腳總是形影不離。

她，到底是什麼樣的女人？

她其實是渴望著我的，是嗎？不是嗎？

我雙手抱著頭，已不知道如何去解釋這一切，床上的兩具形體，愈來愈模糊，愈來愈模糊……

我是如何離開靜玟住處的，我已記不得。我只知道自己搖搖晃晃，在黑暗中行走，走向自己住的地方。我回到房間寫了一封自白書，說明殺害沈靜玟的前因後果，一直寫到將近天明才結束。然後把整份紀錄包括先前寫的日記擺在桌面上，便於讓警方發現。

這是一場痛苦的夢……

望著即將天明的窗外，我再度茫然了。

學校的教學大樓頂樓浮現在腦際，我必須在天明之前到那裡去。

對，故事中「床鬼」投崖自盡，我就讓一切符合故事情節吧。

我已無力寫下最後的結局，我只知道，天明之時，人們將發現一具頭顱碎裂的男屍，他的面容烙印著一絲深深的遺憾……

一年後

那男人走向墓碑，彎身放下一束鮮花，接著他挺直腰桿，拉緊了黑色薄外套。

黃昏的墓園空氣陰寒，瀰漫著一股淡淡感傷的氛圍。

年輕男子往小徑走去，經過了許許多多不知名的逝去者，來到墓園出口，正對面是一條潺潺的河流。

他來到河岸邊，佇立著，從外套口袋掏出一個空瓶，裡頭塞著幾張摺疊的白紙。

他高舉瓶子，右手劃出一道拋物線；小瓶子飛躍半空，隨即沉入水中。

男人望著逝去的河水，在夕陽的餘暉下繼續佇立著，好似永遠都不會離開，只是靜靜望著。

〈瓶中手記〉

我恨那個女人。

我寫下這份記述，將它裝在玻璃瓶中，從我常去的河岸邊扔進水裡。我不期待有人會發現，但把它寫下來，總是對內心有個交代。

我在課堂上認識靜玟後，便知道自己愛上了她。因為自己是以別系的身分去修美術系的課，因此上課時討論分組難免覺得格格不入，恰好與靜玟坐在一起，她主動協助我上課方面的問題，我觀察著她對我說話的容貌，深深被她所吸引。

後來我發現，她竟然就住在我的對面，都是在二樓，面對面隔著一條街！

靜玟不常拉上窗簾，我開始透過窗戶觀察她的一切，就在我思忖著該如何更進一步時，我發現了那男人怪異的舉動。那男人在靜玟的住處玄關附近徘徊，最後還趁大門開啟時進入；幾分鐘之後，我發現他出現在靜玟的房內。

我感到十分疑惑與震驚，由於不確定任何事，我便持續觀察，但從窗戶可以看到的十分有限，只知道後來又看到他鬼鬼祟祟地出入了好幾次。

我做了一次全程觀察，那次他在傍晚進入，出現在床邊，接著便消失不見，一直到靜玟回去，也沒有異狀出現。靜玟仍舊一直坐在電腦桌前，最後上床睡覺。那夜，我決定漏夜監視，一直到凌晨才發現那男人從大門玄關出現，到附近騎了機車離開。

要說他們兩人有做任何事，那是不可能的，如果有，應該會將窗簾拉上，而且就我全夜的監視，床鋪上完全沒有異狀。靜玟熄燈後，床上的被褥是靜止的，我相信自己的雙眼，他們兩人在房內完全沒有互動。

那他的行為要如何解釋？

在腦海中，泛起了《床鬼》這篇再熟悉不過的故事。是的，他的行動完全符合《床鬼》中男主角的行徑。

或許，他在讀了那篇故事後，產生模仿的念頭，才會有這些行徑出現。再多觀察幾次，如果無誤，便幾乎可確定那男人在模仿。

但如果這樣下去，會有什麼狀況發生？有一天，他會不會放棄躲藏，出現在靜玟面前，靜玟見了他，又會有什麼反應？

一想到這裡，心中突然湧起不可言喻的妒意。我竟然在意這種事！看來，取得進入靜玟房間的途徑，勢在必得。

經過斷斷續續的觀察，我大致清楚那男人每天的行動，他每晚都到靜玟的房間過夜，從不缺席。而我，只能透過一扇窗呆呆地凝望，對於他擁有如此特權，我感到十分嫉妒；看著他那麼輕易進出靜玟的房間，而我卻禁錮在這窗前，我……

我必須進入，想盡辦法都要進入。我不能輸給他。我能不能跟靜玟更進一步，取得進入她房內的契機呢？

我積極地利用手機、網路與她交流，甚至下課的時候，邀約她去吃飯，她竟然都欣然答應。更讓我訝異的是，我能明顯感覺到她對我的好感。一切相當順利。

某個禮拜六，我與她一同吃完晚餐，以討論作業之名進入她的房間。稍早之時我已特別注意那男人溜進靜玟的房間，我相當確信當我進入房間時，那男人還在床底。從靜玟的反應與姿態來看，她的確不知道床底下有躲人的事實。

看來，那男人真的打算扮床鬼。

我不敢太躁進，只要逐漸拉近與靜玟的關係，那就夠了。隔天下午靜玟帶我前往美術系的藝術作品陳列室，參觀了許多半成品假人。我發現假人做得十分逼真，就局部來說，可以以假亂真。而竟然有一個假人穿的褲子與襪子款式與我類似，我突發奇想。對床底下的那男人來說，他只能看見床外的人的腳，如果讓他發現從頭到尾令他心碎的男人原來是一具假人，那不是有趣的愚弄嗎？

我那時並無細密計畫，只有粗略構想，我打算祕密將假人帶至靜玟家藏匿。然後等到時機成熟再讓假人適時出現，讓他認為先前所見都是假人……

由於只有概括的構想，但小細節不能遺漏。假人不會自我移動，也不會換衣服，因此之後到靜玟家我應該都會注意不要讓自己離靜玟太遠，以及穿著一樣的牛仔褲與襪子。不過關於假人為何會發出聲音的部分，我並沒有想太多。

接下來的幾天，我持續前往靜玟的住處。沒有與她見面的時候，使用其他方式聯絡。我們的確算是在交往了，而且感情進展迅速。

有進到靜玟房間的日子，我都會在傍晚時特別注意那男人的行蹤。他從不缺席地進入靜玟房間，隱藏在床底。我有一種勝利的感覺，明白自己戰勝他了。從一開始的屈居下風，到現在我能光明正大地與靜玟來往，甚至在他面前與女孩親密地交談；只要時機成熟，隨時能更進一步。

一切都很順利，我沒想到這麼快就與她發生關係。那晚太過於陶醉，我完全忘了要怎麼安排假人的事，我也忘了床底下的床鬼。

隔天我發現那男人沒前往靜玟家，一定是受了太大的打擊。

之後，我得意洋洋地打電話約靜玟出去，卻被她拒絕。我感到疑惑。沒想到就在那天下午，我目睹到她與某個男人走在一起，往車棚而去。我大感震驚，立即尾隨其後，發現他們竟然前往賓館！

我晴天霹靂，無法接受這個事實，原來這個女人並非我想像的那麼單純，我想起《床鬼》中的「背叛我，就得死」，如果說那男人有床鬼的質素……

這個方法不見得會成功，但值得一試。我查出了那男人的身分，假借社團之名給了他一本《床鬼》，希望他在閱讀之後能激起再次復仇的慾望，而前往靜玟家。如果他願意前去，那就夠了。

我打算可以的話，再來與她一次高潮。如果成功營造情境，那男人必定會模仿小說中的情節親自動手殺死那女人；如果他沒動手，我也許就會就此遠離靜玟。事實上，我也不知道我會怎麼做。

不過既然那男人模仿床鬼，我相信他的內心一定有很大一部分是與我相同的；會冒險做出普通人不會做的事，我們兩人心靈的軌跡與運作必定相似。

我找了一天偷偷潛入靜玟家中，叫來鎖匠打開她房間的門鎖。之後我留在房內，用事先藏好帶來的工具，將床板割出細微的一道縫，就像《床鬼》一書中所述。那男人如果真的將心投入，那麼很有可能會動手。

如果他真的動手了，那接下來的佈局，就是要他相信我自始至終只是一具假人，這剛好與我先前的粗略計畫相接。因此我偽造了靜玟的日記。為了避免被他發現可疑之處，事件與日期的確切連結我一概省略。

回想起來，手記裡面有些地方不太合理，但當時我沒注意到，那男人也沒發現。（例如，要操控假人，其實只需要假人的兩條腿就夠了，不需要全身；此外，若靜玟真使用細線來得知床底究竟有沒有人躲藏，那男人何以從沒發現細線的蹤跡？）

遂行計畫那晚，我隨便找了個藉口將人偶帶至靜玟住處。偷情後的她（亦或她與我之間才是偷情？）一副什麼事都沒有發生過的樣子，欣然應允。於是我將人偶一起帶進房間。我小心使人偶不落地，並暫且擱放在一旁的梳妝台上。

與靜玟開始纏綿之前，我偷偷將寫好的日記放到書桌上。為了讓那男人將靜玟誤認為我，就像故事裡的情節一樣，我脫下人偶的襯衫墊在床板上，再讓女孩躺在其上。

那男人完全掉進了我的陷阱。

當靜玟發出慘叫時，我知道他已經下手了。立刻不發聲響地下床，拿起放置在一旁的人偶放到床上，再用最快的速度離開房間。

後來，那男人自殺了。

對於我為什麼熟知床鬼的心態，進而策劃整個行動，或許有必要加以說明。

幾年前引起廣泛討論的那本《床鬼》，作者便是我。

沒想到有人模仿起其中的情節，而身為作者的我以另一種方式為故事增添不一樣的血肉。其結果是否為悲劇，我無法下結論。

事實上，對於那男人，我此刻竟感到惋惜。在茫茫人海中，好不容易找到一名知音，一名真正了解我心之人，但命運卻使我們相互仇視。

但是，我跟他有決定性的不同，這點讓他比我更有資格成為床鬼，也更能解釋他的暴烈與毀滅行動。

我只是一名揣想異常之人的「正常人」，而他是真正活在痛苦中的人。

他自殺那天，我也在圍觀的人群中。他的臉於腦海中浮現。

那張被火紋傷的扭曲面容終成我的夢魘……

THE END

【解說】克雷宏波症候群的生死門

提子墨

古羅馬詩人奧維德（Ovid）所撰寫的《變形記－Metamorphoses》，那些充滿羅馬與古希臘神話的世界觀中，有一位令我印象非常深刻的山林與水澤女神厄科（Echo），她因為伶牙俐齒也喜歡拉著人嚼舌根，而造成某次天后赫拉對天神宙斯的抓姦行動失敗。

當赫拉得知厄科是蓄意耽誤她的時間，讓宙斯與那位小三女神可趁機脫逃，一怒之下降罪厄科讓她永遠無法再說話。除非，她像迪士尼的睡美人或白雪公主一樣，遇上真心愛戀的男子後才能與之交談，但是也頂多可重複對方的最後三個字而已。

由於無法再與其他神祇或精靈交談，厄科從此過著沒有社交的封閉生活，將許多話語埋藏於心中。直到她巧遇全希臘最俊美的天菜納西瑟斯（Narcissus），內心雖然充滿愛慕卻無法以言語表達愛意，而成為只能遠遠跟在男神身後，偷看他一舉一動的跟蹤狂，甚至淪為默默回應著納西瑟斯在河邊自戀時，與水中倒影談情說愛時的應聲蟲。

厄科應該是我印象中最早幾位有「情愛妄想症」或稱「克雷宏波症候群」的古老神話人物吧？想到她最終被納西瑟斯誤解，孤獨地在懸崖峭壁間耗盡精氣化為山中的岩石，成為日後人們呼喚山谷時的回音，不禁令人感慨單向的情感終究不是真正的愛情，就在當事人一無反顧越陷越深時，也將是另一個悲劇的開始。

我過往接觸過關於跟蹤狂或偷窺癖的Stalker類題材，大多出現在羅曼史或恐怖小說中，例如獨立作家尼尼亞．坎貝爾（Nenia Campbell）寫的驚悚愛情小說《Fearscape》，因為男主角想佔有並控制對方而成為跟蹤狂，令人訝異的是女主角後來也信任跟蹤狂的所言，因為她早已享受著生活中那種莫名的刺激感。

已故美國作家與劇作家席尼．薛爾頓（Sidney Sheldon），於一九九八年所寫的《Tell Me Your Dreams》，則是描寫一名只有女主角才感覺到的跟蹤狂，因為每一個接近她的男子都會被莫名其妙謀殺或閹割，故事所探討的除了是情愛妄想症，在最終也包括了多重人格的異變。

在我淺薄的閱讀經驗中，比較少接觸過以Stalker為第一人稱的文體，林斯諺的這篇〈床鬼〉曾刊登於《推理》雜誌第256期，屈指一算當時他應該只是個二十出頭的大孩子！卻能以短短的三萬多字，娓娓道出從無害男轉變為變態狂的心路歷程，絲絲入扣地將一名平凡的大學生單純的愛慕之心，逐漸在好奇心的驅使下釋放了內在的心魔，將幻想變成了一種充滿刺激的行動，進而變身為一名跟蹤狂、偷窺狂與毀滅者，踏上了回不了頭的不歸路。

〈床鬼〉承襲了以詭計包裝詭計的經典手法，更精確的形容應該是一種「螳螂捕蟬，黃雀在後」的視覺流動，鏡頭從天真美麗的蟬，流動至自以為掌握大局的螳螂，最後畫面卻停格在黃雀如何吞噬螳螂與蟬的驚駭真相中。

「寫情寫景」一直是我個人閱讀或寫作時，非常重視的一個審視環節，因為能將小說情節中相關的一景一物寫得栩栩如生，就是一門博大精深的「催眠術」，它能令讀者瞬間進入你所營造的那個虛構世界中，進而相信在那情境中所發生的一切充滿說服力。張愛玲的作品之所以能夠扣人心弦，大多要歸功於她寫情與寫景的流暢功力，以及不同角色互動時細微的表情及暗示性的肢體語言。

林斯諺對於小說中寫情寫景的功力也掌握得恰如其分，甚至繁衍出自己一套以空間元素掌握氣氛的法則。從〈床鬼〉開場時凜冽小雨中的那具男屍，雨水打在他身上，水滴不斷從屍身上流淌下來，成功的以雨水營造出那種背後有原委的淡淡幽情。而男主角第一次見到靜玟時那種飄著雨的午後，也暗示性的以雨幕分隔了兩個世界的男女主角。

直到男主角第一次潛入靜玟的小房間內，鉅細靡遺地觀察著斗室內細微的擺設時，除了讓讀者完全摸透那個即將是主舞台的位置關係圖，也生動地點出情愛妄想者那種迫切吸取愛慕之人各種氣息、物品與生活習慣的變態思維。

〈床鬼〉之所以在十一年後仍令讀者們印象深刻，應該歸功於林斯諺成功地將那間非常私密的小房間，轉化為一個充滿窒息壓力、緊張刺激與愛恨嗔癡的舞台！

【作者簡介】

提子墨

出生於台北，現定居加拿大，溫哥華電影學院3D動畫與電影視覺特效科系畢。第四屆「島田莊司推理小說獎」決選入圍、博客來推理藏書閣書評人。

曾任舊金山《品》雜誌旅遊專欄作家、紐約世界報系《世界周刊》「墨眼看天下」專欄作家、台灣《Mass-Age》「全球移民後遺症」專欄作家。

已出版作品《熱層之密室》、《火鳥宮行動》、《追著太陽跑，一頭栽進去用力戰勝自己！》、《水眼——微笑藥師探案系列》。

愛的交點
Cross Point

這是我第二篇推理作品，寫於〈霧林村的慘劇〉之後，在高三那年發表於嘉義高中的校刊，後來經過修潤，發表於《推理》第254期。二〇一一年再次發表於《推理世界》A版十二月號。

這是一篇完全取材自真人真事的小說，包括兩位女主角雨霏與夜雯都是現實存在的人物，整部小說唯一與現實不同的地方只有最後真相的部分。在現實生活中，男主角（也就是作者本人）最後並沒有與任何一位女主角在一起；雨霏早已不知所蹤，夜雯則偶爾碰面，那段熱烈通信的日子已成回憶。

本作嚴格說來是一篇帶有推理成分的愛情小說，也是我最接近網路小說的作品。如今回顧，再經過潤飾後，將其定稿。謹以此篇作品獻給一去不返的青春歲月，那是一段最無憂無慮的時光。

假使一個人不能攫住美，將它留在心中，那麼他一旦面對美好事物時一定寧可與之保持一定距離，免得因為離得太近，反倒使擁抱在懷中的東西逸出眼睛的界限，而把握不住它的美妙之處。如果把它放到一定距離之外，他又會重新看到那動人之美。當然如果他的靈魂生有眼睛，那麼縱然他緊緊擁抱著美，縱然他不能把它作為審視的對象，縱然他親吻著美時，他依然可以讓這美駐留心間……

——齊克果，《誘惑者日記》

1.

通學的生活，總是瀰漫著淡淡的鄉愁。

下午五點半，在老舊的客運總站，依舊是人山人海、大排長龍；螞蟻般的人群幾乎吞噬了半條馬路——無法分辨那究竟是人行道還是馬路——突顯出嘉義市交通的混亂與擁塞。

來自各個學校的學生肩負著沉重的書包，沉重的聯考任務，望著同一個方向——白綠相間的嘉義客運，恨不得時間可以跑快兩倍的速度，盡速從地獄中解脫。

彷彿歷史重演似地，身在隊伍中的我，帶著焦急、緊張的心情探出頭往前望了望，仔細審視排在前頭的學生隊列——仍舊，那熟悉的身影，一如過往地映入我的眼簾，帶著一股沉默的氛圍，晦暗地劃開週遭的人群。

那是她一貫的氣質。

冷淡、沉靜、神祕——只有與死黨在一起時才會開口談天，也只有在那個時候，才有機會見到她難得的笑容。嘉義女中的紅色外套襯托出她的窈窕；頭上俏麗的馬尾蕩溢出幾分輕柔。

我不曉得我是何時迷上這名冷艷的女孩，沒記錯的話，應該已經是一年前的事了。我想找機會認識她、與她談話，但這可是需要機會與運氣的。在車上要恰巧與她站在一起或坐在一塊，而不讓其他熟識的人來干擾，的確不太容易。我打的如意算盤是，先找機會接近她，索取她的email，透過電子郵件讓她了解我，再經由每天搭車的時間談話而逐漸熟識，最後達成男女朋友的關係。完全沒有戀愛經驗的我，自然不諳女性心理，不懂愛情技巧；想追求女人，就只能使用自創的、自編自導的、毫無技巧的土法煉鋼追求法了。

半晌，從沉思中驚醒，我抬頭一看，發現今天搭的是遊覽車，有雙排座位，不是那種前半部只有一個座位的「立枷」，若是那種車，光是站就讓人站到雙腿發軟，雙手發酸，不過，要接近她的機會也算是蠻大的。

好不容易熬到了上車的時間，大家魚貫登車。許多人七嘴八舌地閒話家常，談論哪個男生帥，哪個女生美；但也有人緊抓課本不放，皺著眉頭自言自語地狂背公式，一副旁若無人的樣子。我則是懷著戰戰兢兢的緊張心情，東張西望，隨著隊伍前進。

上了車之後，我雙眼一瞄，看見她走向後部的座位，坐進去，而且旁邊恰巧還有一個空位。真是好機會。

不加思索，我快步向前，轉個身立刻佔了空缺。

她表情略顯驚訝，不明所以地看著我。

「對不起……請問妳是……雨霏吧？妳應該認得我吧？」我擺出笑臉，強抑緊張地說：「我跟妳搭同一班車已經快兩年了。」

對於我直呼她的名字，雨霏並沒有半點驚訝神色。端詳了好一會兒，女孩才淡淡地點頭說：「我知道，」然後直起身往車子前半部張望，又補上一句：「抱歉，這位置我同學等一下會來坐，可不可以請你……」

瞬間，我的心涼了半截，「那我……」

她再抬頭往前望了望，冷冷地說：「喔，她有位置坐了。」

氣氛實在很僵，心頭怦怦直跳，撞擊著我的肋骨，好像在告訴我：「別逞強了！放棄吧！你這白痴！」不過我還是力挽狂瀾地穩住自己的情緒，奮力一搏地說：「只是想跟妳做個朋友……妳用電腦嗎？」

她點頭，「偶爾。」

「那……可不可以給我妳的email？」我有點突兀地問。

她略顯遲疑，「現在嗎？」

「對，可不可以請妳寫給我？」我從書包中拿出紙筆，遞給她。

一副無可奈何的樣子，她快速寫下了一個地址，然後把紙筆遞回給我。

「謝謝。」按捺不住心中的興奮，我很高興自己踏出了計劃的第一步，完全忘了自己的厚臉皮。

不過，她接下來的話使我的心最後的半截也涼掉了。

「我不一定會回。」她同樣淡淡地說。
我愣住了。
「妳……打字不快嗎？」好不容易擠出這句話。
「跟你說過我不常用電腦，頂多上網查個資料。」她看向窗外。
「我……只是想寄篇小說給妳，推理小說，」我發現自己的語氣很微弱，「我自己寫的。」
她露出驚訝的表情，看著我，但立刻又恢復冷漠，「喔，那很厲害。」
「可不可以請你讀完後，寄篇簡短的感想給我？」
「……」
你這傢伙！你的臉皮有九層啊？我心中的謎之聲又在呼吼了，不過顯然我是豁出去了，選擇置若罔聞。
對方還在思索中，我很難從臉部讀出她的內心想法，因為那是冷漠、毫無訊息的一張臉，雖然美，但缺乏變動與漣漪。
「看情況。」她終於說出答案。
「妳喜歡看什麼書？我最愛讀推理小說，『謀殺專門店』是我常去的網站，我也喜歡哲學，家裡的書都已經堆到地板上了……」我突然想起英文課本中某一課的選文——愛爾蘭作家歐布萊恩小說中女主角向男主角炫耀的情節。
「我沒太多時間看課外書。」又是簡短的回答。
之後，談話情勢只是固定在一個模式下：我劈哩啪啦地問，她簡短地答。

我實在很懷疑，我怎麼能夠有勇氣撐這麼久。像雨霏這種不多話的女生，要在第一次對談就敞開其心門，像老朋友一樣暢談，實在是不可能的事，況且我又是個沒什麼搭訕經驗的菜鳥。

不著邊際地扯了一番，我發現必須下車了。放學時早她一站下車，上學時晚她一站上車，已經是我習以為常的定律。

「那……記得看我的小說，今天晚上會寄給妳。」我勉強擠出一個笑容。點頭。

她也勉強擠出一個笑容。點頭。

我打賭她的笑容在我起身轉頭後必定立刻消失，就像風一樣虛幻。

下了車之後，我嚐到一股敗戰的滋味，這仍是一次失敗的經驗。我彷彿能聽見RPG遊戲中全軍覆沒的哀歌在四周響起。

天，竟然下起小雨了。

邁著沉重的步伐向前走，我強自打氣。

沒關係……或許她看了小說之後會對我改觀，還有希望。

喃喃說了些自我安慰的話，我走入黑暗的巷道中。

2.

那天晚上，我花了好長的時間在小說前加上導論，說明我為何撰寫這篇小說、創作的理論基礎、背景等，為的就是要讓她明白我做事的認真態度，因為我自信這是我自身的人格特質，而且是一項優良的特質。

桌上擺了一大堆參考資料，連心理學、社會學的書都搬出來了；我發揮融會貫通的整合能力，延伸小說的各個層面。寫到最後，導論都快比小說本文長了。

這花了我三個小時。

信件傳送出去的那一刻，我鬆了一口氣。現在，就等結果了。

複雜的心情讓我難以入睡，輾轉反側，接近天明時才沉沉睡去。

第二天，禮拜五，我故意搭晚一班的車回家，避免遇上她。我認為星期一再詢問她的意見較好，因為這之間需要個緩衝期。倘若她還沒開電腦收信的話，我們之間很可能暫時找不到話題可聊。因此我跑到書店溜搭，消磨時間。

星期日晚上我打開電腦，螢幕上出現的訊息是「沒有新郵件」。

我失望地關機。

其實結果是可以預料的——如果我有自知之明的話。但沒有新郵件的訊息還是困擾了我整整一個星期之久。令人氣惱地，email信箱就如此空了七天。而這七天裡，我與她之間只有尷尬的沉默。她對我沒有好感，我得明白自己需要承認這個殘酷的事實。既然如此，也不能纏著別人不放，愛情追求也需奠基於理性，因此，我沒有再與她進行第二次談話。這是個矛盾的抉擇。沉默，只有尷尬的沉默；內心的愛慕被強壓，被抑制，每天的通學時段化為最沉重的陰影。

好幾次她看到我，都快速地別過頭去，帶著一種不屑的神情。這更加深我的失落感。這是我的第二次失敗。第一次發生在去年，那失敗的搭訕經驗我已不想再談。而現在，我再次面臨失敗，灰心之際，一些古怪的想法不斷在我腦中出現。

愛倫坡——早逝，齊克果——早逝，巴斯卡——早逝，斯賓諾莎——早逝……我忽然有一種渴望，希望自己成為一名天才，而且是悲劇性的天才，能瞬間看透世界真理，並盡快掙脫人世，留下悲慘的一生。因為這時，擁抱孤獨似乎成了一種愉悅，一種極致的解脫方法，一種超越情感之後剩餘的空虛。

我必須開始尋求另一種解脫，我需要的是一名能解讀、分享心靈的朋友。既然在現實世界得不到，我打算從另一種途徑著手。

網路交友，我從前試過一遍，那是去年春假時。對方是個甫從大學畢業的女性，我們之間的交集話題是布袋戲。大概是因為年齡的差距，我們聊的，都是一些表面、普通、不深入的東西。要說得上是談心朋友，那還差得遠。幾個月下來，對她產生不了什麼特別的好感，很難有向她傾吐心事的衝動。況且對方也有男朋友了，若我太深入分享自己的心事，會產生許多顧慮。這個朋友的最後一封信表明自己已經找到工作，並且要搬家，之後我寄的信她都沒有回覆，便失去聯絡了。

如果我能找到一名年齡與興趣相仿的女孩，那可是解除桎梏的一劑良藥。網路上一般的聊天室不在我的考慮範圍之內。我總認為，有深度的女孩是不會涉足那種龍蛇混雜的場所的。推理小說網站「謀殺專門店」有個留言討論專區「推理擂台」，聚集了推理界的精英，從那裡開始尋找知己可能是個好點子。

我懷著信心開始在討論區一頁一頁地搜尋。由於板上網友都採用匿名，想要得知個人資料也只能從留言討論串反覆推敲，因此難以鎖定目標。不過，因為我是推理擂台的常客，對經常發言的網友都有一定認識，雖然很多熟面孔仍然是一團謎，但至少許多曝光率較高的知名人士我都有了解，過濾起來也比較快。

這時突然發現我上次的留言有人回覆。那人用辛辣的言詞挖苦我，說我在擂台上出的推理謎題是出自漫畫《金田一少年之事件簿》，不是個人創意。回想起來，當時並未注意到，這個署名「夜雯」的人後來竟會大大地影響了我的人生。

往前搜尋夜雯的留言，我注意到她是女生，而且似乎跟我一樣是高中生。我回覆了她的留言，詢問她是否是高中生，並請她留個email。很快地，她留了地址給我。

「這是我的第二個網友，要好好經營。」我如此告訴自己，並期待有好的結果。

滿懷欣喜地，我小心翼翼撰寫了第一封信。

夜雯妳好：

真是感謝妳在留言板上的指教啊，我以後不會再亂抄謎題來問了。不過，這也不算抄襲吧，雖然會破壞一些閱讀樂趣……

瀏覽了一下板上妳的留言，大概可以知道妳也是推理小說的重度愛好者。剛好我們年齡又這麼相近，很難得的機會，希望以後可以一起討論共同喜好的東西。

我自我介紹一下，我的暱稱就叫Edward，我住嘉義，現在就讀嘉義高中，我選的是社會組。

妳呢？妳是哪裡人？對啦，妳喜歡看金田一漫畫嗎？妳知道哪幾個故事有抄襲的爭議嗎？

期待收到妳的回信。

Edward

再三檢查沒有錯字後，我按下傳送鍵。

接著洗了個舒服的熱水澡，早早上床睡覺。腦中卻仍不斷浮現著新網友的事。她會回信嗎？

3.

等待的心情是不安的，就像一顆不定時炸彈，不知何時會爆炸。

高三繁重的課業壓得我喘不過氣來，我得一邊應付學校考試，一邊準備推薦甄試。埋首課本與參考書時，會暫時性地忘掉一切，進入另一個痛苦的世界；但一拋開課業，飢渴的孤獨與盼望又從天際反轉回來，點燃了心中的企盼。

不到兩天，我就收到了夜雯的回信。讀完了信，我心中燃起了一股無法言喻的興奮。她的信洋洋灑灑地寫了好幾百字，顯然很有交朋友的熱誠，這讓我相當有動力繼續回信。

經過幾次的魚雁往返，我們愈談愈熱烈，雙方節奏也相合。話題逐漸從推理小說轉到其他的事，有關自身的一切。

某一次她在信上提到被班上同學遺棄，我問起原因，她回了一封信解釋：

遺棄嘛……是因為我向來跟班上同學不同，我喜歡看書、不喜歡愛情和武俠和藝人的小說、不聽流行音樂，聽古典音樂、喜歡的明星很不同、很受各科老師喜歡（我沒做什麼怪事）、很……只要是流行的、青少年的，我都跟別人不同，所以就受遺棄啦！

這些特質似乎與我有某種程度的交集，我開始對這名新朋友產生高度興趣。經過數十次的通信，我對她有了概略性的了解。她家住內湖，與我同樣是高中三年級，就讀內湖高中，也就是有水球大戰的學校。很巧的是，她母親從前就讀嘉女，並且，她的外婆家在嘉義。

我漸漸發現，這個化名夜雯的女孩，非常特立獨行，做什麼事都與人不一樣，是屬於早熟的類型。她對於每件事都有自己的見解，而且見多識廣，相當具有智慧的魅力。有時候她會像范・達因筆下的偵探菲洛・凡斯那樣賣弄自己的學識，有時卻又有菲力浦・馬羅——錢德勒筆下的名探——的機智圓滑。也許是文字屏障的關係，我難以整合出她的個性全貌，但那股吸引人的魅力，卻是不容抹滅的事實。

這幾個月，我發現自己總是期待假日使用電腦的時間，因為我可以找到一名了解我的朋友談心，一同分享喜悅與哀愁。她在我生活中佔的分量日重，儼然成了一部分不可或缺的生存要素。

後來她在信中提到，要我到她們學校的ＢＢＳ註冊。我照做了。自此以後，我們約定好每個週末夜晚在ＢＢＳ上會面，進行一對一的聊天。經過幾次談天後，我們之間的距離又縮短了些。不知為何，我們很有默契地不提彼此的真實姓名。

有一次我對她說：「網路交友的關係，彼此就像是最熟悉的陌生人。雙方的感情基礎，只是建立在精神交流。就像我們一樣。」

她回答：「最熟悉如何為陌生人？」然後又補上一句，「那麼，你願意當我的『看不見臉的談心朋友嗎』？」

我當然回答願意。

我們互相交換自己所寫的小說。她也是個推理迷，寫起小說也頗有幾分架勢。她在我心中的分量持續加重。

那種感覺真的相當奇妙，也許，這就是所謂的「網戀」吧。由文字所建構出來的印象，籠罩著朦朧、未知的簾幕，因其律動節奏與我相近而深深吸引著我。期待著Outlook裡頭的新信件，期待著看見寄信者為「夜雯」的信件。不論信的內容是什麼，光是打開信件那一刻的悸動，就足夠讓我興奮一整晚。

對於我年輕的心而言，email這種充滿新奇的交流機制，彷彿是為我喜愛幻想、神祕與浪漫的心靈開了一扇窗。我盡情享受它所帶來的一切。雖然永遠看不見另一端通信者的真面目，但那種想知道真相卻又怕得到失望的矛盾心情，恐怕就是網戀最引人入勝、最教人難忘的歷程。

夜雯，藉由她的文字，以及我的想像，拼湊出我自己定義的夜雯。哪一場網路交友不是如此？我們總是依自己的理想拼湊出對方，我們渴望的，只不過是心中的理想拼圖。因為交流方式的緣故，對方所給我們的空白部分太過廣大了，只能靠想像來填補，而誰不是自己幻想之船的舵手？誰不想航向自己想走的方向？

但所不能改變的事實是，她的確帶給我快樂，讓我在高三課業繁重的一年裡，獲得了前所未有的快樂經驗。那種體驗，是融合著期盼、興奮、神祕以及浪漫。我的心獲得了紓解，她像沙漠中的甘泉，消除了生活的荒蕪。

這樣的日子持續著。

有一次在ＢＢＳ上，我調閱了她的個人資料畫面。ＩＤ寫著Niar，我問過她這名字的由來，她告訴我是以前國中英文課時隨機亂取的名字，她同學自此偶爾會叫她「妮亞兒」；至於中文常用暱稱則是「夜雯」，這我早已知道。有趣的是她的個人說明檔，很明顯地是一首愛戀詩，我試著探索它的意境：

獻給「他」——

葉之舞，是秋的訊息

文字，是另類的傾吐

等待，是我的宿命

於黑夜，於白晝

羽毛般輕盈的微風，總是遺漏了渴望中的告白

飛快地輕拂過我哀傷的雙頰

她從沒提過自己暗戀的對象，我曾在信中問過她有沒有喜歡的對象，她說等推甄考過了再考慮這件事。

但無論如何，這首詩還是令我充滿疑惑。推敲這首詩字面上的意思，如果不是我自作多情的話，分明就是在說……

除非，她有其他知心的網友。

我知道一廂情願的揣測通常都是錯的，不該犯這種錯誤，於是告訴自己別再多想。

但那首詩的真正意涵，卻從此困擾著我，成為煩惱來源的另一部分。

4.

某一次在ＢＢＳ上，我們再度聊起天來。

我提了憋了很久的問題：「對了……妳可不可以稍微描述一下妳的長相？」

她遲疑了一會兒。我以為她不想回答，沒想到她乾脆地說：「我長得不高，只有149公分，」螢光綠的字幕停了幾秒，又出現：「我不是現今社會標準下的美女。」

她竟然那麼坦白……我以為在網路上的人，對自己應該都是遮遮掩掩的，加油添醋，盡量掩飾自己的缺點。沒想到她不一樣，這麼直率。

「喔，外表只不過是層煙幕，要建立長久的關係還是得靠內在，」我停頓了一下，思索著接下來該說的話，「不過，男生多半只看長相來鎖定交往對象。其實，我也曾試過……」

「哦？」

「對方是與我搭同一班車的女生，我找她攀談，結果弄得不太好，現在處於尷尬狀態……」

「哈，你也會做這種傻事。」似乎是無可奈何的語氣。

「上了大學之後我可以去找妳嗎？」我直覺地換了個話題，因為那種搭訕的無聊事，在她面前少提比較好。

「可以啊。不過……」

「不過什麼？」

「沒什麼，真的沒什麼。」她沒再多說。

「好吧。」

「你……」她又開口了。「不是喜歡看哲學類的書？」

「對啊，妳喜歡看嗎？」我知道她也是個書蟲。

「我剛讀完笛卡兒的《方法論》，你現在正在讀哪一本？」

「我正與叔本華奮戰，《意志與表象的世界》，不過翻譯得不太好，幾乎看不懂。」

「是喔……那你知道齊克果嗎？」

「當然，他被稱為存在主義之父、丹麥瘋子，也是神學家、宗教作家……」

「讀過他的書了沒？」

我愣了一下，「還沒，因為是丹麥文，得借重英譯，在台灣的譯本沒幾本。」

「的確，這方面的譯介還有極大進步的空間……」她頓了頓，「知道齊克果的傑作《誘惑者日記》嗎？」

「那是從《或此／或彼》選錄出來的吧？我超想看的，但還沒機會買。」

「嗯……」

「怎麼樣？」

「暫時先不要買。」

「為什麼？」我感到莫名其妙。

「等你看完叔本華我再告訴你原因。」她神祕兮兮地說。

夜雯就是喜歡賣關子，說實在的，她是個挺頑皮的女孩。

5.

今年的情人節與過往相同，我仍是孤單的一個人，沒收到任何東西。

不，我要讓它不一樣。我有個情人，不是嗎？不管是不是一廂情願的想法，她都是我的心靈支柱，傾吐心事的好友，是這種特殊關係讓她在我心中佔有相當分量的。這個特別的日子，是該寄張卡片給她。

除了自我安慰，也是一種……執念吧。

我打開電腦，開始搜尋電子賀卡網站。好的網站都要付費，但也有一些不錯的免費網站，提供品質優異的電子卡片。我選了其中一個，開始挑選卡片封面與郵票樣式。當然是要配合情人節的氣氛挑選圖樣，在這種重要的時刻，若選擇稍有差池便會壞了整體氣氛。

卡片與郵票都ＯＫ後，再來便是背景音樂。我選了宇多田光的《First Love》。

正文的部分要花心思撰寫，思考了半晌，我開始敲起鍵盤。

夜雯：

我不知道我們算不算是網路情侶，不過既然今天是情人節，妳不在意的話，就當作是吧。

這段日子以來，妳給了我這麼多指引，替我破除了許多迷思，從妳身上，我學到了不少。

我們之間的友誼，我永遠珍藏在心裡。

祝妳情人節快樂。

Edward

敲下最後一個字，我按下「傳送」。

信的內容很簡單，因為我原本就不打算寫什麼纏綿的情書；讓她了解我的心意，這就夠了。

我也不奢望她回什麼情意綿綿的信，只想明白，這段友誼是否真誠？

傳完信後我關掉電腦，暫時忘掉有關情人節的事。暗自在心中下決定，要等到十一點再去開電腦，不要浪費太多時間在電腦桌前守候。

茫茫然地過了幾個小時。

晚上十一點，我用顫抖的手連上網路，進入Outlook。

有一封新信件，是電子賀卡網站發的，告知我前往指定的網址領取卡片。

依指示我領取了卡片。封面是皚皚的一片雪景，一對男女手拉著手走在雪中，十分淒美。

我打開卡片。

Edward：

情人，
到底是什麼？
是成天黏在一起，
卿卿我我，
動不動送個昂貴的禮物，
以物品表達自己心意的人？
還是，
互相關懷，
互相扶持，

互相安慰，
縱然身隔兩地，
但心靈相連的好朋友？

愛情，
又是什麼？
是一個吻，
一個禮所能代表？
還是一個牽絆，
一個責任？

天將要明，
未來將要來臨，
我究竟知不知道我想要的？
我到底是理性還是感性？
這或許是未來的問題，
只是，
它在我心中揮之不去！

就是這樣了。

我反覆把信讀了好多次，心中湧起甜蜜的遺憾。這封信雖近在咫尺，但她人卻遠在天邊。很慚愧，我的思考階段還停留在交男女朋友的層次，可是她看得更遠、更清楚。

好矛盾、好矛盾的心情！想穿透那層朦朧的簾幕，想得到清晰的影像，但又怕幕後的真實會毀壞現今這種甜蜜美好的狀況……

我是不是個自私的大混蛋？真實若不合我意，那這段友誼又算什麼？這段網路上的關懷與分享，難道就失去價值？

我究竟知不知道我想要的？沒錯，我究竟知不知道我想要的？

我默默地嘆了口氣，用印表機將卡片印下。

6.

就這樣，每逢週末，我與夜雯便會上ＢＢＳ暢談一晚，其餘時間便用email聯絡。我發現自己的心思愈來愈放在她身上，無時無刻都不在期待她的回信，以及思索如何回她的信。

我們分享一切，幾無保留，這種跨越距離的友誼成了我學校之外的人際重心。ＢＢＳ上來來往往的曖昧話語和試探，總是能讓我回味好幾天。這或許是因為高中生除了課業外，就沒有其他事情可以煩惱了吧！

終究，人還是有揭露未知的衝動，這是無可避免的。
幾天後在ＢＢＳ上，我們又談到了名字與長相的問題。
「告訴我妳的名字，可以嗎？」我探詢地請求。
「不公平！你也要告訴我。」
「這……好吧，我先說。」我說出我的名字。
「我還以為你是開玩笑的！」字幕停了一會兒，然後出現：「我的名字就叫夜雯。」
「真的假的？妳用本名上網？」
「我已經告訴你了，不相信就算了啦！」
「我沒有不信的意思……」我慌忙打上這句。
夜雯，就叫夜雯。名字好聽的話，拿來當暱稱化名也是不錯。
「我好想知道妳的長相。」我不死心地追問。終究，穿透那層簾幕的事，始終未曾離開我心底。
原本以為她會不願意回答，沒想到螢幕上的文字飛快動了起來。
「個子小小的，滿臉痘痘，頭髮留個羽毛剪，」她補了一句，「我長得真的不出眾。」
她竟然一股腦兒全說出來了。我努力在腦中描繪她的形影，但還是徒勞。「我想像不出來……」
「我寄照片給你好了，」她乾脆地說，「你們男生最關心這種東西，看你問了那麼多次，不讓你早點看到的話，不知道你會悶出什麼病來。」

「真……真的嗎？」我不敢置信。

為什麼這個時候，我會有一股罪惡感？

「當然。我寄到你們學校好了。你幾班？」

我有點困惑，「這樣對妳不公平……」

「我不在意！」

「你從來沒問過我的長相，難道你不想知道？」

「那重要嗎？」我可以想像出她挑起眉毛的神態，「我本來對你的名字也沒興趣的，那些……不過是附屬品罷了。長相、名字那麼重要嗎？內心不能契合，長得帥又有什麼用？」

我又開始感到慚愧了。我發現自己從頭到尾只像隻飢渴的猛獸，不分東南西北地亂鑽；而她卻是名理智的天使，永遠能看透覆蓋在黑暗底下的事物。

佔盡便宜不是名紳士該有的風度，我義正辭嚴地說：「我一定要寄給妳，妳先告訴我你的班級。」

螢幕上的畫面停頓了一會兒，然後才出現：「不需要，用寄的不方便。你知道嗎，我們學校的老師很可能會拆閱信件，說是要關心學生，卻不留隱私給我們，這是他們特有的壞習慣，非常危險……我也不能讓我父母及同學知道，這對我會……造成很大的困擾……用寄的對我而言太冒險了。對了，我也不該用郵寄的方式，過幾天我用掃描器把照片掃進電腦再e給你，這樣方便多了，你也可以存檔保存。」

說得也不是沒有道理，只是……

「真的要這樣嗎……」

「你那麼想看我的話……等上大學吧！推甄第一階段你不是安穩地過了？我好像沒對你說過，我與你報考同一所大學，而且……第一階段我也通過了。」

我的心悸動了。「天……那、那真是太好了……」

「等照片吧！」

我無法看出她的心情。

7.

過了幾天，我果然收到照片。

說我不想看她的照片，那絕對是謊言。但在打開檔案之前，我卻仍猶豫了一下。那種矛盾的心情溢滿心頭，拉拉扯扯。究竟該不該看？就算盡力自持，照片揭露之後，會不會影響我繼續與她通信的動力？我當然不想當那種只看臉蛋的大爛人，但我似乎也當不了聖人。我想保有超脫世俗的美德，卻又覺得好像在欺騙自己。

想了那麼多，我最後還是打開了照片檔案。一解近半年來籠罩心頭的疑惑。

早有心理準備，但仍有一點小失望。

照片裡的她應該身處異國，站在廣場上，背後是類似教堂的建築物，一群白色的鴿子點綴在她身後，像放大的雪花。

夜雯穿著厚重的禦寒衣物，兩手插在口袋中，微笑看著鏡頭。她留著一頭沒有特別梳理造型的短髮，臉上浮現著幾顆明顯泛紅的青春痘；看得出來身高不高，與她之前說的都吻合。

持續盯著她的影像，我發現自己的感覺開始出現奇妙的轉變，那是我始料未及的……平心而論，長得的確不出眾，用十分的標準來看，大概只佔五分。但那是以我先前的標準來衡量，現在的我，彷彿已經蛻變了。愛情的魔力就是常理無法解釋的。她有魅力，一種智性的魅力，深深地吸引著我，我用自己的色筆來彩畫、裝飾，用她本有的特質來襯顯、烘托；五分，可以達到十分的標準。

也許這就是所謂情人眼裡出西施吧。

一直看著她的照片，我覺得自己好像已呈現中毒狀態，一種甜甜，能令人暈眩、沉迷的毒藥……

她的影像，在我腦海中不斷地徘徊，形成一種蕩漾的回音，一再地重現……

8.

沉悶的通車生活，尷尬的啞劇還是繼續上演著，偶爾我會偷看幾眼雨霏，但她很快別開視線，好像不認識我似的。我開始沉思，的確，個性相投是最重要的，男女之間沒有深厚、契合的內在基礎，則沒有長久可言。我確定雨霏的個性不適合我，我也沒必要為了遷就他人，不斷地貶抑、扭曲自己原來的面貌，或是糾纏別人不清。想到這裡，心情爽快多了。我下了個決定，如果夜雯真的與我考上了同一所學校，那她絕對是我女友的不二人選。

人的想像力實在恐怖。有時候你自己單獨思考某些事情的時候，腦中飛躍式的幻想能將你的心情帶到各種不同的極端，尤其是喜悅。你可能會全身顫抖，興奮到極點，彷彿置身於憧憬的萬花筒裡，但在現實的世界中，實際上什麼都沒發生。想像也是一種實際的世界嗎？或者這只是一體兩面的事？

星期五晚上，我下定決心要對夜雯透露一個事實，她可能沒想到那張照片的魔力是如此地宏大。

一如往常，她總是比我先上ＢＢＳ。

「嗨，照片收到了吧？」還是一樣平和的語氣。

「嗯，比我想像中的好看。」我冷靜地用手指敲出這幾個字。

「真的嗎？你沒有失望嗎？」

「一點都不會，我覺得妳……美極了。」

停頓。

「你沒有在開玩笑吧？」

「相信我，我今天一整天都在……想著妳的影像。」是真的，我打出這句話時，心中充滿了真摯！

「……我很高興你這麼說，」她停頓，然後說：「這才對嘛。」

我沒意會到她後面那句話的涵義，「推甄第二階段若過了，你確定會去讀吧？」

「廢話！你幹嘛問這個？」

我深吸一口氣，鍵盤發出噠噠聲。「我……可不可以先預定？」

「預定什麼？」

「妳。」

她沉默了片刻。

我有一股暈眩的感覺。

沉默。

「無藥可救。」終於，螢幕吐出這四個字。

「什麼……」

「我說你無藥可救。」

「喂！妳到底是什麼意思？」我的雙手狂亂地敲擊鍵盤，「我不是在和妳開玩笑！這幾個月來，我……」

「hahaha……」回應的竟然是一陣狂笑！然後是更莫名其妙的話語！「成功了成功了！」

天上掉下一堆問號，「我……妳……這到底是怎麼回事？」我只能目瞪口呆地瞪視著電腦。

「別談這個……嗯……」她停頓了一會兒，讓氣氛沉澱。「第二階段考試好好準備，一定要過喔！我相信你的能力！」

「一……定。」

「失敗的話，」突然，我意識到她的語氣，似乎變沉重了。「你的願望就不能實現……………」我注意到，這是她第一次把刪節號加長到十二個點。
「妳也要加油……這是兩人份的事。」
「還用你說！」
她接下來的話令我大感不解。
「你知道嗎？在某種意義來說，你是愛的交點。」
「什、什麼？」我絲毫摸不著頭緒。
「沒什麼。快去讀書吧。我們不該再聊了。」
「喂！妳……」又是令我反應不過來的話語，她今天到底怎麼回事？談話的節奏令我無所適從，「唉……搞不懂妳……好吧，那我去讀書了。」
「等一下！」
「什麼事？」我突然覺得自己像一顆球彈過來彈過去。
「四月八號晚上，記得收email，在那之前，我都不會出現……」
「為……」
「什麼都不要問，快去讀書吧！」
她竟然迅速離站了。
雖然滿腹疑惑，但我也不再浪費心神多想，反正夜雯一向就是個神祕兮兮的女孩，只要等，早晚會知道她在搞什麼把戲。

這，或許也是她吸引我的原因之一吧。

9.

過了幾個禮拜，第二階段考試的結果出來了。

不出所料！我順利過關！

在班上存在著一種共識，那就是如果推薦甄試順利過關的同學，就得成為「班僕」，成為班上打雜的傭人，服侍其他還得打拼聯考的同學。

雖然說以後得當班僕，不過還是值得。畢竟推甄通過所代表的重要性，實在是太大了，我的一切努力有了回報，這也意味著我有大學可上了，而且讀的還是我中意的學校。

我心中雀躍萬分，一輩子從來沒這麼舒暢過！

接下來的整個春假，讀書、打電動、看電影，做了一大堆夢寐以求之事，無事一身輕。我還特地和三五好友把高中課本抱到郊外隱密處，一把火把它們全數燒掉。那時通體舒暢的快感，到現在我都還記得。

但總覺得就是少了點東西。

少了夜雯。

真奇怪……她到底在幹嘛？為什麼要突然消失？還叫我四月八號收信……難不成，她要來嘉義？也不是沒可能，她外婆家在嘉義，回來親戚聚會也不是說不通。但……幹嘛在四月八號寄信？

我被這件事困擾了幾天。

好不容易熬到春假最後一天，禮拜日，我晚上七點就打開電腦，飛上ＢＢＳ。

苦苦地等待，八點……九點……十點……十一點，打了一個打大呵欠，我突然想到媽媽才剛抱怨過前幾個月的電話費、網路費暴增。

「我看她是忘了吧……這小鬼……」

灰心喪氣地試了最後一遍Outlook的接收按鍵，沒想到……沒想到螢幕上竟然出現「正在授權」、「正在接收」的字樣！

果然還是來了！

我全身顫抖、戰戰兢兢、腦中一片空白地打開信件，頭一次感覺到電腦游標移動的速度實在是慢到不行。

信上主旨寫著「An Important Day」，內容只有幾行字：

明天是個重要的日子，你還記得嗎？
收到大驚喜時，可別嚇昏了！

夜雯

「這……這算什麼？」我有點火，四個小時就為了等四句話。明天是什麼日子我哪知道？

……這次得自己掏錢付電話費了。

關掉電腦，疑惑與失落灌滿我的心神。

大驚喜？會是什麼？

我不甘不願地，帶著滿腹疑惑上床睡覺。我已經明白，很多時候，「等待」是解決疑惑的唯一方法。

熬過了學校打混的一天，第二天傍晚，我依舊是有氣無力地排隊等車，滿腦子想著今天到底會收到什麼東西，連雨霏的身影都懶得看，我甚至連她長什麼樣子都快記不得了。一上車坐下便打起瞌睡，彌補昨天消耗的體力。

也不知道過了多久，一抬起頭，才發現差點睡過站！匆匆忙忙地按鈴，從座位上跳起來，穿越走道稀稀疏疏的人群……幸好還來得及下車。

嘉義客運龐大的身軀在我身後離去後，我朝通往家裡的那條小巷子走去，打了個大呵欠。

就在這個時候……

「喂！推理狂！」後頭突然傳來一聲清脆的呼喊。

我停下腳步。奇怪，這聲音……這聲音是……

帶著疑惑又緊張的心情轉過身去，我睜大眼睛看清楚來者……昏暗的街燈下矗立著一抹熟悉的人影……我把雙眼睜大到極限，幾乎不敢置信……

那人穿著紅色的嘉女制服，綠色的書包，穠纖合度的的身材……

雨、雨霏！

生日！」

「有、有什麼事嗎？」我的舌頭開始打結，「妳、妳不是晚我一站下車？」

「今天是什麼日子？」她饒富深意地詢問。

「今天？」我吞了吞口水，努力回想。四月九號……四月九號……等等……那是……「我的

自從上國中以後，我便很少過生日，最後竟然連自己的出生日期都忘記了！

「沒錯，你的生日，」她神祕地笑笑，「我不是答應過要給你驚喜？」

「有……有嗎？」我被搞迷糊了，「我什麼時候告訴過妳我的生日？」

「你真健忘，第三封信的時候啊！」

「你在說什麼？我完全聽不懂！」

她向前走進了一步，「認識夜雯嗎？」

我向後退了一步，手按胸口，「你為什麼知道她？」不斷冒出的冷汗似乎預告了接下來驚人的真相。

「因為，」雨霏詭祕地微笑，「我就是夜雯。」

10.

片刻間，空氣裡充塞著死寂。

我想起克莉絲蒂的名作《羅傑・艾克洛德命案》中偵探白羅破案的場景，有著同樣的驚愕感

「妳在開玩笑！」我瞪著她，腦袋瓜正做著接受、與不接受事實的抗爭，「這、這太荒謬了！我不相信！我不相信！」一個認識快半年的網友，竟然……竟然……遠在天邊，近在眼前！打死我……打死我都不相信！

「誰開你玩笑？是你自己不夠機警」她一隻手伸進外套口袋，掏出一張紙條。「我給你好多提示，你卻都沒發現！」

「那紙條是什麼？」我全身顫抖，好像只有被嚇的份。

「還記得夜雯的個人說明檔嗎？」

「當然記得，我看過好多遍了。」

「我把它寫下來了。」她把紙條遞給我，「再看一遍，你發現什麼？」

我仔細重讀了一遍——

獻給「他」——

葉之舞，是秋的訊息
文字，是另類的傾吐
等待，是我的宿命
於黑夜，於白晝
羽毛般輕盈的微風，總是遺漏了渴望中的告白

飛快地輕拂過我哀傷的雙頰

「我……」我抓抓頭，「還是一頭霧水。」

「你很廢耶！虧你還是個推理狂！」

「我是推理迷……」我無奈地反駁，「狂跟迷是不一樣的。」

「隨你說！」她聳聳肩，「把這首詩每行的第一個字合起來讀——」

「什麼……」我拿起紙條，「葉文……等等……！」一陣電流穿過腦袋，「我知道了！『葉文（夜雯）等於羽飛（雨霏）』！」原來這是藏頭詩啊！

「總算知道了吧！」她閉上眼睛，嘆口氣、攤攤手。

我腦中湧現起許多回憶……沒錯……沒錯……她們是同一個人！

難怪……難怪當初我向雨霏索取email時，一個「偶爾」使用電腦的人竟能快速地寫下自己電子郵件的地址！

難怪……難怪夜雯對我的長相絲毫不感興趣，因為她早就知道了！

難怪……難怪她拒絕我寄相片給她，因為她根本不是就讀內湖高中！

她也不能郵寄相片給我，因為從郵戳能看出寄信地點，所以才要用掃描器！

「除了那首詩之外，我還有給你其他暗示喔。」

「什、什麼暗示？」

「還記得我ＢＢＳ上的ID嗎？」

「當然記得！不是Niar嗎？」

「倒過來唸唸看！」

「嗄？倒過來……r-a-i-n……rain——雨！」原來是暗指雨霏的「雨」字啊！

「明白了吧……」雨霏也看得出我已經澄清了許多疑竇，「需要我把整件事的來龍去脈解釋給你聽嗎？」

「當然。」我屏氣凝神。這件怪事真的是令人昏了頭。

「那我就從……你找我談話的那一天說起，」她的眼神移往地上的光暈。「我一開始的確對你沒有什麼興趣，所以顯得心不在焉的，況且……我那天心情超差的，所以態度不怎麼好，先向你道歉，原諒我吧！」她看了我一眼。

「說下去。」

「當你提到推理小說這個字眼時，我嚇了一大跳（我回想起來，那時她的確很震驚），沒想到你也喜歡讀推理小說，而且還自己創作。我開始對你感到好奇。我到推理擂台去，發現你的寄件者名稱與留言板匿名相同，便確定那是你。然後辛辣地回覆你的問題，引起你的注意。」

「但妳為什麼對我不聞不問，還使用假身分欺騙我的感情？」我提出了我最不能了解的問題。

「拜託！你先別插嘴，ＯＫ？」她的語氣，的確讓我聯想起夜雯。「我不希望你只是因為看上我的外表才喜歡我，所以才會用這種方式。」

「啊……」

「我說清楚一點。我這麼大費周章只是為了三個目的，」她神情嚴肅起來，活像柯南漫畫裡的灰原哀，「第一，讓你明白什麼才是戀愛中真正重要的事。這幾個月來，你應該體會、學習到了不少事吧？當你述說那張假相片的事情時，我就明白我成功了（難怪那時她咯咯直笑），你已經開始關注外貌之外的事。」

「我懂了。第二點呢？」

「第二點，如果說你真的對我那麼感興趣的話，想要有進一步的進展，至少也該等到……推甄過後吧……」她嘆了一口氣。

「所以說妳是為了我們倆功課著想，才使用這種迂迴，或者說是折衷的辦法？」

她點點頭，「幸好我們兩個都安全著陸。」

我現在才明白，原來我自己是愛的交點，是夜雯和雨霏兩條線的交叉點！這就是當初……夜雯話裡的涵義……

「第三點呢？」我緊緊地追問。

「這個……很重要……」她小心地從書包中取出一本書，遞給我。

我審視了書名，這是……齊克果的《誘惑者日記》！

「看完這本書你就明白第三點是什麼了……這也是送你的生日禮物。」

她丟給我一個微笑，然後說：「再見。」

她轉身離開。

「等等！」我抱著書，趕忙快步追到她面前，

「嗯？還有事嗎？」她停下腳步。

「我……陪妳走回去。」這是我第一次這麼近看她。
她低下頭，笑了，「也好。」
「你也喜歡《夜行》吧？」我注視著她。
「當然，」雨霏抬起頭來，「不過我更喜歡……《無盡的夜》。」
月光映照下，兩道影子的手輕柔地握在了一起。

THE END

【解說】愛的交點，你我之間（本篇解說內含全書其他篇作品謎底，建議讀完全書後再行閱讀）

紀昭君

台灣推理前輩斯諺老師改寫歷年得獎或雜誌刊佈舊作的短篇集結《床鬼》，收錄〈床鬼〉〈愛的交點〉〈戀愛密碼〉〈看不見的密室〉〈眼中的殺意〉〈死吻〉〈雙面謎情〉〈殘冬〉八則短篇，其中尤以首篇〈床鬼〉書中書結構的互映，引發人物與書稿角色動作遭遇漸趨一致的迷離，作為身份混淆與書末三重詭計的翻轉最為精絕而命名。

據傳作為八分之一向斯諺老師致敬的我，負責的是〈愛的交點〉此篇，這故事實則是以齊克果《誘惑者日記》那種對愛審美特具奇異的概念開端蔓延，客運小魯青年衝動的搭訕，無意間卻陷落《妳的名字》不可解的結。藏頭詩與愛情密碼的迴旋，織就高三推甄生，觸手可及的愛戀。驀然回首，伊人正在燈火闌珊處守候，金星火星的平行世界，便由往返的魚雁機心，而達愛戀的交點。不過，若用「愛的交點」縱貫全書提點亦不為過。

首先，由過度迷戀引發禍端的〈床鬼〉，至沿用作者專擅，青春校園純戀與迂徐浪漫的魚雁書信，觸發平行世界男女產生交集愛戀的〈愛的交點〉與〈戀愛密碼〉。接續讀來頗具雷鈞《黃》與下村敦史《黑暗中芬芳的謊言》，眼盲心不盲，亂世家國下，盲探人心推理的異國風情，用日常偶遇的邂逅行經，得知異國友誼，相互捉弄逗趣的〈看不見的密室〉，雖迥異的以生活小品奇景與家國肅穆身份認同衝擊為對比，卻仍可歸諸人世，錯雜關係網交會時，互放的光亮。

即便後四篇極具推理本色的小品系列，以角色扮演錯亂身份認同詭計，更與此脫離不了干係——〈眼中的殺意〉由角膜捐贈者死前所見，疊影受贈者四伏殺機的人生，〈死吻〉戲中戲往返全然被蒙鼓裡的親密關係，與安能辨我是雌雄的〈雙面謎情〉，最終直抵〈殘冬〉書信收發間，悄然改換身份的詭異迷離，皆是。

因為，從偵探林若平系列，《假面殺機》至《床鬼》等作品的情節內裏，女方總立於主控的狡黠心機，或惡女壞壞的「蕙質蘭心」，不僅藏有權力天平，竟向女人傾斜的恐怖驚心，與男人自卑猥瑣，引發跟蹤變態的厭女謎情，更有陌生親密，人與人之間，邂逅行經卻總難脫恐懼，不敢相信任何人的質疑。

是故綜觀上述，若說湊佳苗以家庭主婦敘事，開啟八卦絮語中的人性殺機，則台灣推理園地耕耘不輟的林斯諺老師作品集，便是滿溢青春校園愛戀與日常生活小品推理的趣味巧拼，各式「愛的交點」，就在你我之間。

今年甫從紐西蘭奧克蘭大學學成歸國的斯諺老師，深耕推理領域多年，獲獎無數，囊括有人狼城推理文學獎、推理小說評論獎與島田莊司推理小說決選與入圍、華文推理大獎與金車推理小說獎等。

我所認識的斯諺老師，是對推廣推理，不論世界抑或台灣都不遺餘力，充滿熱情的人，可見其胸懷廣闊。過往肇因台海之隔，較無當面互動，但二〇一六年拙作《無臉之城》初出，承蒙責編哥喬大牽線，得斯諺老師撰寫推薦，後續便持續關注。粉絲專頁上，所見琳瑯滿目世界推理文本與影音電影的推介，及發表於沃草烙哲學專欄那趣味盎然的哲學思辨種種，顯見斯諺老師本人的多才多藝與深耕的用心，有興趣的讀者歡迎前去參觀拜訪，或購入新書支持噢！對世界／台灣推理有興趣的讀者必不容錯過！

【作者簡介】

紀昭君

成大中文所畢【故事－說書】專欄作者之一，台灣推理作家協會成員，不食人間煙火文藝少女一枚。著有長篇推理小說《無臉之城》與讀寫評三位一體小說創作聖經《小說之神就是你》，二書共同入圍二〇一六年誠品十月網路書店閱讀職人大賞與【年度最期待作】年度最注目臺灣在地創作者，演講授課行腳無數。現居台中，火力全開寫作《小說之神2》。

戀愛密碼
The Love Code

本作發表於《推理》第231期，後來再次發表於二〇一二年《推理世界》B版八月號。本書收錄的是改訂版。

這部作品挑戰的是暗號推理，其中的密碼設計有其時代性，建議讀者可以不用花費時間破解最關鍵的那段長密碼，只要順著故事讀下去便行。

若說〈愛的交點〉寫的是高中生的青澀愛情，那〈戀愛密碼〉著眼的便是大學生的戀愛苦惱。兩篇都是我嘗試創作真正的本格推理小說〈霧影莊殺人事件〉之前的習作。

夜深人靜，我埋首桌前，舞動著手指。

「ji3vu;3b;4su3xul3ru,3@2jo4ji3-6u06@su3u3ru/S!j4y94g4uSek720Stjp62k7q/6u.3@g;4284vm,6u3x96@ji3uS6g4ejS2j62k7@ao6u.35SvupScl3u.3@ao6u.3bp6x96m3ji3zpSvu;3so4vupS5j/S2k7g4ru,4@bp4g4su35Sfu06@ji32k7b4y7g4uSqu04cj;Sai4@vu,4c.4su32k7s84uSdk4fu3@su3jo4ji32k7g/Scji6294x96j6!u32k7ej;Sh93@ji3ap6m/3u.3ej/4wj/62k7vu/4fm4@5k4uS2u03@ji3uS6g4jo6g4au/4mp4nji3294eo3ji3yjo4cl32k7xu3j4@ji3vu;35pSvu65k4zp4xu3j4@ru.4bj6bp6e9S5pSvu6!l3ejo42k7m06zp4@ji3vu;3c04su3y94uSfu3」

我沒有花費心思在雕琢文句上，盡量以最平實的字句，表達我的心意。

完成後，我把信寄出。

她的答覆或許會令我心碎，但做了後悔，總比後悔不做要來得令人心服。

接下來只有等待了。

1.

她站在兩座書架之間，略顯寂寥的眼神落在比她高一層的架上。她的左手抱著一本灰皮封面的平裝書，手腕上圈了一環銀色的手鏈；濃濃的黑髮瀉下，依偎在肩上，透過晨光的閃耀，予人氤氳的流動感。

那時我正在一排排的書架間留連，眼神不經意地從書架與書架間的夾縫掃過，偶爾與從書中抬起頭來的不知名女孩做眼神邂逅，交換一個冷漠的微笑。但當我腳步一挪，對方便立刻如輕煙般淡入靜謐中。

而這一刻，我卻停佇了。

她側身對著我，仍舊沉浸在書堆中的搜尋。我們之間隔著一段距離。離她的站立點不遠處，便是垂瀉著典雅窗簾的窗子，早晨的陽光漂流而進，在她的黑髮上流連忘返。

從我的視角望去，書架與窗櫺正好框住她纖巧的身形，潔亮晨光鋪成背景，與她略顯寂寥沉滯的眼眸形成強烈對比。

我猶疑著該不該走近，但倏地又想起我要找的書便散佈在這一座厚重的書架，所以還是提起腳步，拉近與她之間的距離。

她微微側頭，略微退了身。

我得到她的全貌。

意識到我的目光，她不自在地別開頭。

我尷尬地低下頭，眼角瞧見她用左手呵護著的那本書：《愛倫坡短篇小說選》。

我掩飾不住心中的驚訝。身邊很少有女性朋友喜歡讀愛倫坡，可是現在這本小說卻在她手上。

愛倫坡特有的陰鬱光芒，蜷曲在她臂彎中，柔淡了數分。

不自在的氣氛蔓延開來，我轉身面對一排排的書，選取我要的小說。

我拿下《Y的悲劇》。

「你喜歡艾勒里・昆恩嗎？」

我愣了一下，這才意會過來是她在和我說話。

「對、對啊，他是我最崇拜的作家。」回過身，我有點結巴地回答，然後補上一句：「妳喜歡推理小說？」

「我是推理愛好者。」她雙眼微微一亮，「好難得能遇到有人借昆恩的書，同好實在太少了。」

「我想是學校的關係吧，」我解釋，「北部有的大學已成立推理小說研究社，我們學校沒有適當的土壤，也缺少種子，縱使有人願意灌溉，也是無濟於事。有些人連福爾摩斯的名字都不知道呢。」

她露出很感興趣的表情，「嗯，我剛說同好太少，或許不盡然是。讀推理小說的人或許不少，少的是真正狂熱的人，真正將心思完全投入的人……」

「這種人的確不多。」

我猶豫著該不該問她是不是這樣的人。但她率先開口了。

「你是真正的推理愛好者嗎？」

「我……」這個問題的答案背負著很重大的責任，但我不想違背自己堅定的立場。

「我是，雖然涉獵不深，但我相信自己有熱情。」

她端詳了我一會兒，然後微笑，「我相信你是。」

她的微笑讓我有些緊張，我決定轉移話題。我指了指她左手臂環抱的書，問：「妳還沒讀過愛倫坡嗎？」

「他的五篇推理小說我當然都讀過了，但他的恐怖小說我還沒全部讀過。」

「他的其他小說我沒讀過幾篇……妳怎麼會有興趣？」

「推理小說之外的書我也感興趣的。」

除了推理小說，其他領域的書籍我幾乎沒有接觸。撇開課內文學課的書不談，我涉獵的，除了推理小說，還是推理小說。

她似乎看穿了我的心思，問：「你大概對其他的書沒有興趣吧？」

「沒興趣的書我讀不下去……」也只好承認了。

「那很正常，興趣才是最重要的，興趣是一切的動力，不喜歡的書沒有必要勉強自己讀，但也要替自己保留讀它們的機會。至少我是這麼認為。」

「妳不介意……」我鼓起勇氣，「我們找個地方聊聊？遇到推理的同好，很難得，不是嗎？」

她點點頭，「我今天沒課了，只怕耽誤你的時間。」

「不會的，我也沒課。」我心虛地說。

「到哪裡聊呢？」

「我知道有一間咖啡廳不錯，但要騎機車去……」

「那就搭你的車吧。」

於是我們出了圖書館，朝車棚走去。

早上十點，天氣微冷，稀稀落落的學生身影在每個角落晃動。有的人步伐從容，有的人急促；前者大多是翹課的悠閒者，後者若不是趕著約會，就是另有急事，絕不可能是上課遲到的大學生。

很快地，到了我的車位。正準備拿出安全帽時，她忽然開口了。

「一個人會不會很無聊？」

我頓時怔住。不明白她的話意。

「對不起，當我沒說。我只是……試著推理一下。」

我終於了解她的意思。「妳怎麼知道的？」

她指了指我的機車，「後座上佈滿灰塵，這是最好的證據。」

我的天。這或許是讀推理小說的後遺症吧，竟然連這點都注意到了……觀察力異常敏銳！

「抱歉，我無意冒犯。」她真的很認真在道歉。

「沒什麼，」我擠出一絲微笑，「習慣成自然。」

「唉……忘了問，你應該有多餘的安全帽吧？」

「當然，常常都要載沒機車的同學呢。」

我沒再多說什麼，只是默默地把安全帽遞給她。

2.

單獨與女孩坐在咖啡廳雖然不是第一次，但氣氛多少有點不同。

女偵探啜飲著冰咖啡，說：「你是外文系的吧？」

我瞪大了雙眼。

「妳又是怎麼知道的？我又洩漏了什麼線索嗎？」

「沒有，只是憑直覺。」

我忽然想起克麗絲蒂筆下有個常憑女性直覺辦案的奧立薇太太，不過顯然這兩人有天壤之別。

「那妳呢？我可是猜不著。」

「我是法文系。」

差點忘了學校有法文系。法文對我來說過於遙遠，我可是想都沒想過要去接觸法文。

「為什麼會想讀法文系呢？」我問。

「我想你應該能了解吧……為了讀法文推理小說……我讀英文推理已經沒有問題，而且，對學習外語也頗感興趣。」她嘆了口氣，「當然，對父母說是為了讀推理小說而選擇法文系是一個絕對行不通的理由。他們認為小說不過是娛樂消遣。但我總覺得，推理小說的數量已足以發展成一門專門文學來研究，而且絕對有那個價值。」

我心中感到有些慚愧。我讀外文系不過是誤打誤撞，覺得自己英文還不錯，想混，就莫名其妙進來讀了，沒什麼目標與志向，難怪學業老是不見起色。

「原文推理對你而言應該不是難事吧。」她拋出這麼一句。

「這……」

雖說之前為了讀艾勒里・昆恩、約翰・狄克森・卡爾等大師的原文小說，上了亞馬遜書店砸錢，甚至還趁著到美國遊學的機會逛舊書店搜括了幾本所謂的「夢幻逸品」，但結果呢？每本都讀了四分之一就束之高閣，自己還狂寄email給出版社催他們快出中譯本。上大學前對英文固然有著還算濃烈的興趣，但隨著時光消逝與學校課程的折磨，英文在某些角度來說已被我視為洪水猛獸。

「我已經買了一堆法文推理，」她微笑，也把我拉回現實，「但實際上到目前為止沒讀幾本。」

「說實在的，法系推理我讀的不多。」

「我也還好……很多台灣都沒翻譯呢。」

「法國有什麼好看的推理小說啊？我只知道亞森・羅蘋。」

「多著呢，知道《歌劇魅影》的作者卡斯頓・勒胡吧？他寫了一些推理小說，最有名的相信你也知道，就是《黃色房間的祕密》。另外還有一位作家叫做保羅・霍特，被認為是密室大師卡爾的接班人……」

不知不覺，我陷入法式推理小說的世界，聽她介紹了許多我沒聽過的作家。聊了好一陣後，話題終於回到推理之父愛倫坡身上。

「也許妳可以告訴我愛倫坡的其他作品在寫些什麼。」

她從背包中取出那本剛才借閱的選集，遞給我，「你翻閱一下吧。」

我打開目錄，〈阿夏家的沒落〉、〈洩密的心臟〉、〈陷阱與鐘擺〉……等標題映入眼簾。有幾篇在英美文學選讀已經讀過了。

「咦，裡面有〈金甲蟲〉？」

「有些推理作品還是收錄進去了。」她說。

「我對這篇印象滿深的，很精采的暗號推理。」

「嗯，暗號推理不多見。」

我放下書本，問：「妳有沒有嘗試過寫推理小說？」

她看了我一眼，緩緩說道：「當然有。其實，我很喜歡寫作，不過我發現自己並沒有寫推理小說的天賦，推理情節很難設計。」

「肯嘗試就是好事啊！沒試怎麼知道行不行。」

她搖搖頭，「就是寫不出好作品，我可不想苦了讀者。」

「不然妳都寫些什麼？」

「我自己寫過一些超現實主義的詩，意識流小說，或是有關存在主義的小說……像卡夫卡、喬伊斯、沙特這些作家的書都值得一讀……」

這些我都沒看過，也沒興趣，因此只好轉移話題。

一個多小時的時光逝去。我衡量一番，似乎該結束了。

「可以給我妳的email嗎？你應該有吧？」我問。

「噢，當然有，」她遲疑了一下，似乎在找紙筆。

「妳傳簡訊過來好了，我給妳我的手機號碼。」

她從背包拿出手機，NOKIA3310，跟我的一樣。真巧。

「我的號碼是……」我告訴她。

就這樣，兩人離開咖啡廳。片刻後，我在校門口讓她下車。

「我在外面租房子，不住學校，」我告訴她，「今晚再寄信給妳吧，我們可以多聊一點愛倫坡。」

她點頭微笑，「再見。」然後轉身離去。

我原本期待她會回過頭來再看我一眼，就像那些離譜的愛情電影中所常上演的鏡頭。但她沒有。

現實果然還是現實。

一直等到那道背影沒入午後的樹影中，我才驅車離開。

3.

當晚我著手開始寫信。

我打入自己的真實姓名和英文名字——Ellery。因為昆恩一直是我最崇拜的作家，所以打從國中英文課起便一直用著這個名字。有時心中不免慚愧，頂著推理大師的名號，自己卻對推理小說一點貢獻也沒有，令人感到心虛萬分。寫信時躊躇了一下，考慮換名字。

還是用Ellery吧，不要太虛假。這是對推理小說熱愛的證明。

信中並沒有涉及任何較深入的私人問題，大體上都是關於推理小說的討論。我小心翼翼地寫了自己的見解與批評，字斟句酌，盡力使文句通暢無錯字。我怕深讀文學的她會感到我寫作造詣的陋劣。

好不容易完成了，一看錶，兩個小時悄悄溜去，明天要交的報告一個字也沒寫。

傍晚死黨打電話來，告訴我下午的課點名了。依那教授的規矩，缺席一次期末總成績扣五分。真是慘痛的代價，但回想起在咖啡廳的時光，就覺得一切值得。

不明白，人生似是不斷地在做選擇，有人說命運是選擇累積而成，自己對於選擇的估量，總是在尋求逃避藉口與捍衛選擇間擺盪。佛斯特的詩"The Road Not Taken"不時閃過我腦際。

我按下「傳送」鈕，往椅背一靠，沉思了起來。

□

隔天傍晚，我收到她的回信，在此之前我開了三次電腦：起床時一次，中午回房間時一次，兩點多時又開一次。

她先道歉說其實昨晚就收到信了，但那時很晚了所以沒回，今天又有近滿堂的課，拖到下午的空檔才回信。信中大部分都是在聊推理小說的事，重點放在古典推理。她問我是否讀過范・達因派的小說（當然，除了昆恩）。不久前上過外國網站查閱推理資料，像雷克斯・史陶特也是屬於范・達因派；克麗絲蒂和卡爾是屬於直覺派。這些人都是古典推理大師。

范・達因和昆恩的中譯本我當然都讀完了，昨天在圖書館我是要替同學借《Y的悲劇》。因為我在班上大力鼓吹閱讀推理小說，總算有人有興趣，所以才幫他借。

這次回信，除了談推理，我小心翼翼地加入點私人問題，也問了她還讀過其他哪些書，希望她能推薦幾本。

就這樣，兩人密切的通信展開，幾乎是每天一封。我們的話題漸漸擴大。我從她的行文中窺知她是一名相當有主見、有自己想法且不拘泥於傳統的女性，對於自己熱愛的事物有著一種異常強烈的執著，很堅守自己的原則。

我不常在校園中遇見她，但我知道她的身影常駐留於圖書館內。她告訴我一有空她就會到圖書館讀書寫作，因為宿舍裡讀書環境很差，常會被室友影響。

很多時候，我站在圖書館的大門前，抬頭望著樓上的窗子，猜想她正坐在哪一張靠窗的桌邊揮灑著創意筆觸，細細地用筆描摹緻密的人性……但她也有可能根本不在那裡。

在看不見面容的email中，我可以用滾燙墨汁訴說自己的滿腔熱情，我可以感受到自己那驕傲的冷靜；但只要她映入我的眼簾，我便躊躇退縮了起來，言語多帶保留。

這種矛盾的奇妙感，悄悄躍上心頭。

我該為它神傷嗎？

4.

兩個禮拜過去，我發現自己處在一種浮躁的情緒狀態。我的心似是盛滿酒的酒杯，只要稍一碰觸，濃烈的透明液體便會從杯緣溢出，刺激著那炙熱的心。

那晚，一如往常，我坐在電腦前，準備回信。

但一個字也打不出來。

約她出來吃飯吧。我掙扎著。

該怎麼開口？我開不了口。

初次邂逅到咖啡廳去，那是在很自然的狀態下提議才完成的，現在過了兩個禮拜，也沒再面對面聊過，反而對她產生了一種陌生感。

不經意地瞥到她的信，內容提到愛倫坡的小說，她正在重讀〈阿夏家的沒落〉和長詩〈烏鴉〉。

我忽然想到〈金甲蟲〉。

在咖啡廳中她借我翻閱的書中有〈金甲蟲〉。

〈金甲蟲〉……

對了！

我陡地坐直，腦中陰霾頓時一掃而空。

既然害怕明講，何不……寫封暗號信給她？要是她解讀不了就算了，但反之……或許是個值得嘗試的方法。

一陣矛盾感拍打我心頭。為什麼非得這麼迂迴？很多女孩子厭惡男生支支吾吾扭扭捏捏的，但不巧我就是這樣的人。

也許，不必考慮那麼多吧，既然她也喜歡推理小說，或許就能接受這樣的方式。姑且一試。

但該用何種形式的暗號？既然期望她能解讀就不能太複雜。

暗號推理不常見，我本身也不具備關於暗號的常識，該怎麼辦？

若要簡單，那套用現成的模式的話……

經過幾分鐘的思索，我在信上打入這段文字：

jnaan unir qvaare jvgu zr gbzbeebj riravat

5.

這節課似乎不少人翹。

我坐在窗邊的位置，無趣地望著窗外。

應該不會下雨吧？

冷不防地，平放桌上的手機突然抖動了起來，連續扭了兩下身子。

我深吸一口氣，拿起手機，打開訊息。

內容很短，只有六個字母：「bx jura」。

□

傍晚六點，我把機車停在校門前。

恍惚間，一道似曾相識的身影徐步而來。

「抱歉，等很久了嗎？」她輕聲地問。

「不，沒有……」我挪動雙腿，引領她走向機車。

她並沒有在穿著上刻意打扮，但絕非沒有打扮；看得出來她穿著的風格非常淡雅清新，毫不雕飾。對服飾完全沒有研究的我，只覺得過度裝扮反而比不上這種「適度」的美。

她小心翼翼地，一手按著我的肩，跨上機車。

「要去哪裡吃呢？學校這一帶我不熟，因為沒有機車。」

「到了妳就知道。」

去吃牛排吧。我下午就想好了。有一家西餐廳氣氛絕佳，燈光昏暗，暗到幾乎跟燭光差不多。或許這種氣氛對她寫作靈感的增進有幫助吧！

停好車，走到餐廳門口，她欣喜地說：「好典雅的裝潢設計！」

「不錯吧！我還怕妳不喜歡呢。」

裡頭仔細一瞧，每張桌旁的牆壁上都掛著畫，雖然知道應該是複製品，但看起來原作都是出自名家手筆，但畫家的大名我一個都不認識。

「坐這裡吧。」我拉出椅子。

她在我旁邊落座。

就這樣，點好餐後，在魔幻般的氣氛下，兩個人再度聊了起來。

「我的暗號，」我不好意思地說，「好像一下子就被你看穿了。」

「那個啊，」她幽幽地看著我，「恕我直言，不怎麼高明……其實可以再更有創意些。」

真是慚愧，我承認那是很糟的暗號，不過是把英文字母互相代換罷了。按字母順序把二十六個字母排成兩行，上下對齊、互相代換。所以我的那封信是“wanna have dinner with me tomorrow evening”，而她的回信是“ok when”。

「我下次會想出複雜一點的暗號。」我說。

「真的？一言為定喔，不過，太難的話我也是解不出來的。別把我想得太厲害。」

「對妳有信心。」

「希望不會讓你失望。」

話題再度轉入推理小說。這會兒談到了各國的懸案，那些撲朔迷離的案件一直是推理迷津津樂道的題材。我們先談了開膛手傑克，話題才轉入一些名人的死因。

「拿破崙真的是被毒殺的嗎？」我問。

「我記得三好徹寫過一篇短篇推理〈拿破崙的遺髮〉，答案似是肯定的。」

這篇我倒是讀過，看完後也上圖書館找了一些資料，自行揣測了好幾個可能性。

她的目光忽然落在牆上的畫。剛落座時我曾瞄了一眼，那是一座純白色的古堡，立在山腰上，籠罩於一片皚皚白雪中。

「看起來像是德國古堡。」我猜測。應該是吧，因為畫框上的鑲金字似是德文。

「新天鵝堡，」她說。

「什麼？」

她放下叉子，銀白的光芒流瀉於餐具上。

「你知道德國的新天鵝堡嗎？建造者是有名的路德維希二世，華格納的仰慕者。」

我沒有去過德國，也沒聽過什麼天鵝堡，路德維希這名字倒是聽過，但不知他是何方神聖。我照實說了。

「你可以去讀讀他的生平，他的一生很有趣，而且，」她神色詭異地看了我一眼，「死因很離奇，是推理迷一定會感興趣的題材。」

我追問那是什麼樣的故事，但她固執地叫我自己去找，我只好放棄。

「那麼，」我淡淡地問，「妳親眼目睹過這座夢幻般的城堡嗎？」

「我還進去參觀過呢，那是一座未完成的城堡，處處洋溢著幻想與夢，」她停頓了一下，「裡頭有一段走廊還是仿造天然洞穴而造，這樣即使國王人在城堡裡，仍可體會到大自然的氛圍。也許因為這座城堡太夢幻、太不且實際了，所以始終未能完成。」

「妳的夢想是什麼？」我感覺到自己的語氣有些不同。

「我嗎？」她眼神落下，「我想成為一名作家，一名……我心目中真正的作家。」

我不知道她心目中的作家所需具備的條件是什麼，也不知道為什麼我沒有繼續追問。

她搖搖頭，「我不想要一座未完成的天鵝堡。」

女孩換了個話題，接著便結束晚餐。

6.

我不知道她怎麼想，我是指，內心真正的想法。

她對我怎麼想？

她始終沒有多說什麼。

在那之後的兩個禮拜，我又找了她出去幾次，她都欣然應允。

但始終有一道藩籬……很自然地架於我們兩人之間。

一切仍然飄忽不定。

這是戀愛感吧，我在心中悄悄地喜歡著她，想要擁有她，想要她接受我；但在另一方面，她對我而言又像一幅模糊難解的畫像，曖昧混沌。我看不清自己在畫中的地位，或重要性。我在她的舞台裡，又是扮演著什麼樣的角色？這些都是我不可知的。

奇怪的事才要發生呢。

某個週末，我打了電話給她。

「想不想出去走走？」我滿懷希望地問。

「對不起，最近我滿忙的……改天好嗎？」聲音有點悶悶的。

在我能回答之前，她匆匆說了句「再見」，接著，取而代之的，是一片沉寂。

她掛電話了。

我總共也才說了七個字。

真的很錯愕。也許她人不舒服吧，但實在很難不放在心上。

後來證實不是我的錯覺，她真的不對勁。近來她所寫的信件文句簡短——短到令人不可置信——我懷疑我是不是成了陌生人，看信中的語氣，矜持又彆扭，好像完全不認識我似的。在校園碰頭也是匆匆忙忙一瞥，就即刻轉身離去。打手機也常沒人接。

種種跡象，使得我不得不承認一個事實：她正在疏遠我。

為什麼？

問自己是沒有答案的，伴隨著撕裂的心，我感覺到瓶頸時刻似乎來臨。這一刻，我是不是該做些事了？

□

某晚她寄了一封信過來，說明最近心情很混亂，但卻未解釋原因。

由於這封信的內容較長（與先前比較），我一時振奮了起來，仔細閱讀。信的末尾問我有沒有讀過范・達因的《花園殺人事件》和約翰・厄普戴克寫的短篇〈A & P〉。

范・達因的小說我記得之前聊過了，但沒有確切提到這本。

前者我當然讀過，後者在英美文學的課也讀過，但沒什麼印象，只記得是一篇不太好了解的小說。

她為什麼問？

我思考了一陣，認為有更重要的事該做。

現下我應該做的是破冰，什麼小說不小說的都不是重點。

我受不了現在這種關係，是時候了。

經過這兩個禮拜的事，我不能再拖了。

開了封新郵件，我瞪著空白的螢幕。

我即將要做的，是成千上萬的男人在心中都做過的事，但有一半的人讓這件事保留在心中。

不知從何起筆。要寫出動人心絃的信，那是我語文能力所不及的。況且，很重要的一點，對於這種開門見山的傾吐，我似乎膽怯了起來。

該怎麼做？

我下次會想出複雜一點的暗號。

自己說過的話突然閃過腦際。

暗號……

我低下頭，雙手交握在後腦。這令人頭痛了。

默默地抬起頭，雙手再度靠向鍵盤。

還是明講好了，何必讓自己焦頭爛額？

沒想到打了幾個字，一抹靈光突然竄過腦海。

有了！

如果這樣的話……

我仔細斟酌了一番，完成下面的內容：

「ji3vu;3b;4su3xul3ru,3@2jo4ji3-6u06@su3u3ru/S!j4y94g4uSek720Stjp62k7q/6u.3@g;4284vm,6u3x96@ji3uS56g4ejS2j62k7@ao6u.35SvupScl3u.3@ao6u.3bp6x96m3ji3zpSvu;3so4vupS5j/S2k7g4ru,4@bp4g4su35Sfu06@ji32k7b4y7g4uSqu04cj;Sai4@vu,4c.4su32k7s84uSdk4fu3@su3jo4ji32k7g/Scji6294x96j6!u32k7ej;Sh93@ji3ap6m/3u.3ej/4wj/62k7vu/4fm4@5k4uS2u03@ji3uS56g4jo6g4au/4mp4nji3294eo3ji3yjo4cl32k7xu3j4@ji3vu;35pSvu65k4zp4xu3j4@ru.4bj6bp6e9S5pSvu6!l3ejo42k7m06zp4@ji3vu;3c04su3y94uSfu3」

然後將這封沒有中文字的信寄出。

7.

三天沒收到她的信件，她好像消失了。

有幾次我鼓起勇氣，踏入圖書館內搜尋她的身影，但徒勞無獲。拿起手機，卻又沒有撥打的勇氣。我所能做的，似乎只有等。

要解讀那封信也許需要一些時間吧，不過如果知道原理，那不過是小孩把戲。

但是沒有必要連信都不寫了吧。似乎事有蹊蹺。

時間邁入我寄出信的第五天。那晚，我坐在桌前，垂頭喪氣地收發電子郵件，熟悉的寄件者突然出現。

她終於寄了。
那信的主旨是「AIKON」。我對這個字完全沒有印象。
我的右手在顫抖，害怕知道她的答覆。
或許她沒有解出來，寫信只是為了要我告訴她答案。
吸了一口氣，我開啟新郵件。
當我看見內容的那一刻時，整個人怔住了。
那是一堆混亂的符號：

+90+9999p7700w88002p0222
*777222p88880+999911*7772+990055*92w555w86+001p77770
p66+005555w8800*990w555w888804w92
w0004w8800+866p7700
w8w902222+922*83w001p7700
w700333*7772w77003*7700555p7700*7772w04+8333p0222w77005555
+81+99990111+9999222p000444w7700333
*777222w77704w555*7772p0222*833+02222*83p7700
w880033*99991w8800333p7700+7776p8888 1111
+001111w005p000w9044w8882*7773w900+0

我的第一個反應是，她用我的暗號模式來書寫，但一看就發現不是。

結論似乎是她也寫了封自編的暗號信給我。

不可能是亂碼吧。

我呆在那裡，腦筋空白了很久，已經不知該如何反應。

這裡頭的內容一定關係著我的存亡，我多麼渴望想要知道！其實，只要一通電話就可以向她問清楚，不必在這裡解這令人眼花撩亂的東西。

不，我該解它，她要我解它，這是目前唯一能做的事！

那晚我沒闔眼，用盡全部心力研究那段關鍵文字。

我首先想到這有可能是替代式的暗號，也就是用一個符號來代表一個字母或字。例如用數字1來代表字母Ａ。假設暗號原文是英文，那便可利用英文字母出現頻率高低去解各符號代表的字母。但如此卻無法解釋為何文中會出現像9999或777這類的重複數字，AAAA或BBB根本不能構成一個英文單字；而且全文中的所有記號——包括符號、字母與數字，0123456789+pw*——也只有十四種，而英文字母卻有二十六個。這似乎不太對。

我換另一個角度來思考，有沒有可能數個字元才構成一個字母呢？例如9999代表Ａ，類似這樣的模式。如此的話必須從毫無章法順序的符號中去拆解二十六種組合，這是很耗費腦力的工作。

首先，統計各種組合出現的比例，再推敲。這實在是件繁瑣浩大的工程，這些連在一起的

p7700	六次
*7772	四次
p0222	三次
w555	三次
*83	兩次
*7772222	兩次

符號要從哪邊切入分割根本毫無頭緒，像「*777」這一串，究竟要分成「*、777」還是「*7、77」？這一分析下去根本沒完沒了。經過數個小時的苦工後仍然徒勞無獲。

我觀察到一個現象，四個非數字符號——*、p、w、+——從來沒有連著一起出現，一定是插於數字堆中。我推測它們應該不代表任何文字。

換個方法吧。我試著改從最大字元組合範圍去尋找，但花了老半天的時間只找出六個重複的組合。

我把它記錄在表格上。

這種重複性應該不是偶然的吧？但要用以帶替英文字母似乎長了些。我突然轉念一想，如果是代表中文字呢？是否有這個可能？但如果真是這樣，要怎麼去檢驗那些沒重複出現的組合是代表哪個中文字？又要如何去界定拆解組合的型式？只憑那些資料根本不可能解出。她不可能會寄一封線索不夠的信給我。

房內射入一絲曙光，夜過也。我仍在焦頭爛額中，替代性理論似乎行不通。

對了，該不會跟法文有關吧，既然她是學法文的，難說不會跟法文扯上關係……但法文跟英文一樣是拼音語言，如果原文跟英文無關，那似乎也不太可能會跟法文有關；再者，我不會法文的事實她是很明白的。

那究竟是如何？我發狂地瞪著抄在紙上的數字和符號，頭痛了起來。

十個數字加上兩個字母w、p和兩個符號＊、＋，每串字群間有疑似斷句的空格……沒有其他任何提示了嗎？這樣猶如大海撈針……

我有一股想哭的衝動——其實老早就想哭了——如果一開始不要玩弄這種暗號信，直接當面去找她，或許、或許會有意想不到的結果！假設我一直沒有解開，那情況不就要繼續僵下去了？

頭腦昏沉沉，第一次感到這麼絕望。

不行，一定要撐下去，難道我不想知道她的答覆？

重新考察這封信吧，有沒有哪個地方是我漏掉的？

漏掉……

我突然想起信件的主旨，「AIKON」這個字。

到底是什麼意思？

AIKON、AIKON……

我不斷在腦中覆誦這個單字，始終聯想不起任何有關的事物。

看看手錶，第一堂課上課時間快到了。

我把寫了暗號的紙張塞進背包，稍作梳洗，便離開租屋處。

8.

面前攤著厚厚一本英國文學史，我的眼神不是落在那本厚書上，而是落在平放在它之上的小紙張，上頭寫著令我挑燈夜戰的密碼。

但此刻我已無力思考了，只是呆呆地坐著。這節課氣氛真灰暗。望見那擺在桌旁的手機，勾起傷心的回憶。和她通通簡訊的日子過了，透過手機聆聽她的聲音的日子也過了。

一切都過了。

我拿起手機，靜靜地翻閱她以前傳來的簡訊。

眼神往上一移，手機螢幕上是一排白字：NOKIA。她與我有著同樣型號的手機，想起這點更想悲傷的一笑。

等等。

等等！

思考的力量突然沸騰起來！

手機殼上的NOKIA標示我又看了一遍，英文是由左往右讀的，但反過來讀的話……NOKIA不就成了AIKON？

這一發現令我精神振奮，這暗號肯定與手機有關！

我抓起暗號紙，仔細再看了一遍。

難怪我覺得不對勁，一般說來會出現＊這個符號，大概只有在撥打電話時。數字0到9也是撥號必備的按鈕，早該想到跟手機有關的！但pw＋三個符號的作用呢？要怎麼把它們組合起來？

同樣的疑惑再度浮現，為什麼會有像7777或222這種重複數字出現？

要由手機來傳達訊息，能憑藉的就只有輸入法了，這暗號很可能是某種輸入法的變形。

NOKIA手機十二個數字鍵，每一個鍵上都有標明它能輸入的英文字母、數字或注音符號。像數字鍵2可以輸入abc三個字母和注音符號ㄉㄊㄋㄌ。

我終於明白了，假設要打入ㄌ這個注音符號，得按四次數字鍵2才行，因為ㄌ是排在第四個順序；至此可以肯定這是由注音輸入法衍生出來的暗號，由於之前考慮過重複字母，我排除原文是英文的可能性。

所以只要將輸入模式切換到普通的撥打模式，然後按照注音輸入法的按法去輸入，出現的便是順序錯亂、無意義的符號了。

各數字鍵與其所能輸入的注音符號如下：

數字鍵1：ㄅㄆㄇㄈ

2：ㄉㄊㄋㄌ

3：ㄍㄎㄏ

4：ㄐㄑㄒ

5：ㄓㄔㄕㄖ
6：ㄗㄘㄙ
7：ㄚㄛㄜㄝ
8：ㄞㄟㄠㄡ
9：ㄢㄣㄤㄥㄦ
0：ㄧㄨㄩ

例如要輸入「我」這個字，得按兩次0、兩次7，然後按＊字鍵輸入聲調，按一下是一聲，兩下是二聲，五下是輕聲。經過我的試驗發現，在普通撥打模式下，按＊的次數會影響所呈現出來的符號：按一下是＊，兩下則是＋，三下變為p，四下是w，第五下又回復到＊。所以打入「我」這個音會出現0077p。

我滿懷希望地回到寫著暗號的紙張上，以為我找到了答案，但結果卻令我大失所望。如果我的假設屬實，那根據原暗號，怎麼可能一開始就出現＋號呢？假設是先輸入聲調再打入注音，那也說不通。+90是「延」的音；+9999是「兒」的音；p7700則根本拼不出音來，77是ㄛ，00是ㄨ

——根本不對！

或者我的思考方向一開始就走錯了，其實這一切與手機無關……

瞄了一眼我做的筆記，一個念頭倏地升起。

我必須逆向思考！

NOKIA這單字會被反過來除了要隱藏指示手機這條線索外，是否還有別的理由？我可以假設那是某種暗示——暗號本文要倒過來看！

沒錯，從我之前統計過的符號組合，例如p7700出現過六次，倒過來即是0077p，正是「我」這個字的發音。

用這個方法來檢驗第一句「+90+99999p7700w88002p0222」，把每個單位組合翻轉過來，「+90」改成「09+」；「+99999」改為「99999+」，依此類推。於是整句成為「09+99999+0077p20088w2220p」，解讀後可以得出「言而我對你」的音。至此我才明白，反轉的不只是拆解的字本身，而是包括整個句子，這一句便是「你對我而言」。因此每一句都要倒過來讀，「+90+99999p7700w88002p0222」這句可以直接從後頭寫過來變為「2220p20088w0077p99999+09+」，如此解讀起來便很順暢。同音異字的問題並不大，依據上下文很容易就能判斷出作者的用字。

依照這種方法，我很快地解讀出整封信：

「你對我而言　也不再是單純的朋友了　但就是因為如此　我才畏懼　我不該談戀愛　若你還記得我說過的話　或許能明白　我該離開你的世界了　否則我會崩潰　一萬個道歉與祝福」。

簡短的話語，讓我頓時跌入無限的深淵。

我靜靜坐著，回想她說過些什麼話。

既然我在她心中已有一定的重要性，她仍然選擇逃避。我真的不懂。

人的堅持，有時真的很難了解，人永遠無法互相了解吧。或者這是她的遁詞？她並不想和我在一起。

愈想頭愈痛。上課鐘聲響了，原來剛剛下課過了。
有人拍了拍我的肩膀。
「喂，你是怎麼回事啊？一副快死掉的樣子。等一下我們這組要上台報告耶！」
「沒事。」我站起身，收拾好東西，頭也不回地飛奔出教室。

9.

我放下《花園殺人事件》和厄普戴克的〈A&P〉。
我了解，但不能體會。
一陣倦意襲上。
我翹課了一天。
也思考了一天。
也憂傷了一天。
眼前的電腦螢幕展示著所有我曾寫給她的信，最後一封當然是那封沒有中文字的暗號信。
其實她的暗號信的中心模式與我的很相似，但比我的複雜一點。說穿了，我不過是把輸入法轉換到英數輸入模式，然後用微軟新注音的打法輸入中文，也只是取讀音而不選字。不過方便起見，我還是有設計了一些特殊符號：大寫字母「S」代表空白鍵；為了怕數字「1」與小寫的「l」混淆，有數字「1」出現的部分以標點符號「！」代表，這是因為在鍵盤上驚嘆號與數字一位在同一個按鍵；還有句與句之間的分隔以「@」表示。因此我信中第一句「ji3vu;3b;4su3xul3ru,3」按照鍵盤上注音符號的編排解讀，便是「我想讓你了解」。餘文依規則類推。

全文是：「我想讓你了解　對我而言　你已經不再是一個單純的朋友　上大學以來　我一直是孤獨的　沒有知心好友　沒有人來與我分享內心中的世界　認識你之前　我的日子是一片荒漠邂逅你的那一刻起　你為我的生活帶來無比的光彩　我們擁有共同的興趣　這一點　我一直視為是命運所帶給我最好的禮物　我想珍惜這份禮物　就如人該珍惜寶貴的緣分　我想和你在一起」。

回想起這一陣子的種種，猶如作夢一般。

在圖書館邂逅她的那一刻，在我的心海中不斷沉浮。

現在，似乎又面臨了做抉擇的時候。我該讓時間沖淡一切，讓她走出我的世界，還是提起勇氣，步入她的世界？

如果我夠了解她的話，我該怎麼做？

窗外的夜幕降下，巨大深邃的黑暗罩上萬物。在這蕭瑟的時刻，我的心情彷彿也蒙上了黯淡的陰影。

【解說】愛情的盡頭

伊格言

這麼說或許有些冒犯兼且大膽：對我這樣一位頗有資格疑義的推理小說愛好者而言（是的，我嗜讀推理小說，尤其是各種非嚴格定義下之推理小說；如約翰・勒卡雷、尤・奈斯博或伊坂幸太郎；但整體而言缺乏系統性閱讀與理解），我以為林斯諺的〈戀愛密碼〉與東野圭吾名作《嫌疑犯X的獻身》有著類似的隱喻結構。當然了，《嫌疑犯X》令人印象深刻，其原因在於，數學天才石神的癡迷與狂熱令自己墮入了犯罪的深淵，而此種癡迷與狂熱並非常人所能達致。這是極端人格、極端情境下的特殊犯罪。如果說「邏輯的盡頭，是邏輯無法解釋的愛情」，那麼謀殺詭計的核心，正隱喻著「為了你，我竟變成了另外一個人」。這正是《嫌疑犯X》用以將自己推上殿堂的踏腳石，它與其他「一般推理小說」間的差距。

而〈戀愛密碼〉亦如是。於個人閱讀經驗中，如愛倫坡〈黃金甲蟲〉或〈戀愛密碼〉此類以解碼為核心之推理小說並不常見；但林斯諺聰明地以此發展了類似《嫌疑犯X》的隱喻結構——愛情是什麼？甘甜與迷茫，那令人狂喜、熱愛、神魂搖動，甚至形銷骨立形神俱毀的「愛的核心」，究竟是什麼？我們或許能夠解開情書的有形密碼，卻似乎注定永遠迷失於愛情本身如此脆弱多變的編碼方式之中。小說結尾懸宕於一愛戀的不確定性之間；以此短篇幅作品而言，這可能是最適切的選擇了。

【作者簡介】

伊格言

1977年生。國立台北藝術大學講師。《聯合文學》雜誌二〇一〇年八月號封面人物。曾獲聯合文學小說新人獎、自由時報林榮三文學獎、吳濁流文學獎長篇小說獎、華文科幻星雲獎長篇小說獎、台灣十大潛力人物等等，並入圍英仕曼亞洲文學獎（Man Asian Literary Prize）、歐康納國際小說獎（Frank O'Connor International Short Story Award）、台灣文學獎長篇小說金典獎、台北國際書展大獎等。獲選《聯合文學》雜誌「20位40歲以下最受期待的華文小說家」；著作亦曾獲《聯合文學》雜誌二〇一〇年度之書、二〇一〇、二〇一一、二〇一三博客來網路書店華文創作百大排行榜等殊榮。

曾任德國柏林文學協會駐會作家、香港浸會大學國際作家工作坊訪問作家、中興大學駐校作家、成功大學駐校藝術家、元智大學駐校作家等。著有《噬夢人》、《你是穿入我瞳孔的光》、《拜訪糖果阿姨》、《零地點GroundZero》、《幻事錄：伊格言的現代小說經典十六講》、《甕中人》等書。《零地點GroundZero》日譯本二〇一七年五月由日本白水社出版，亦已售出韓文、捷克文版權。

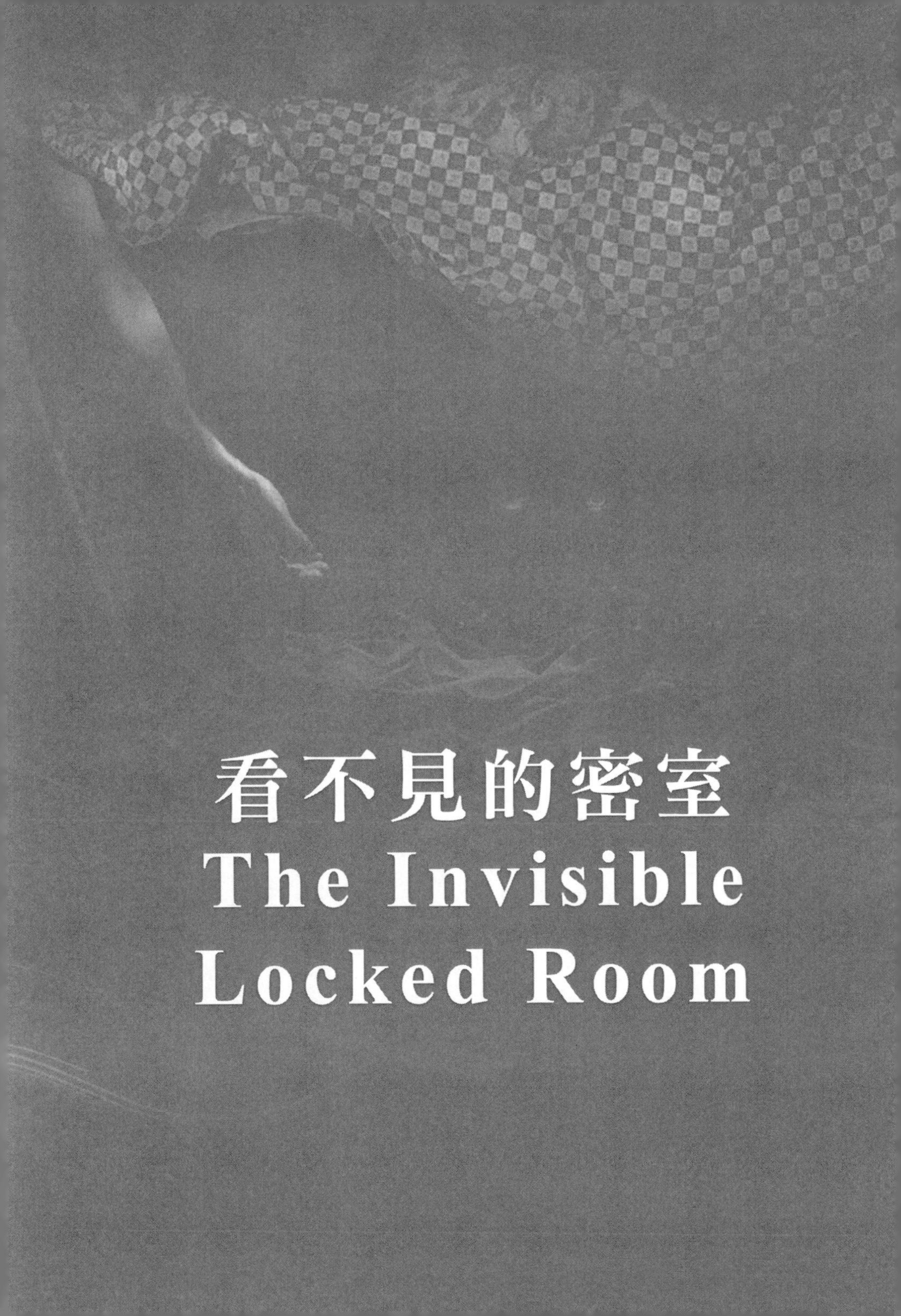

看不見的密室
The Invisible Locked Room

本作發表於《野葡萄文學誌》第二十二期，後發表於《歲月・推理》二〇〇九年第一輯。本書收錄的是改訂版。

這篇作品的雛形來自大學時代的英文寫作課，也就是說，這篇小說實際上是我的課堂作業。我當時認為沒有譯成中文發表太可惜，於是在翻譯過後重新改寫，才於雜誌上發表。

這篇作品的定位是「充滿奇妙趣味的無犯罪推理」，希望讀者都能感受到其閱讀樂趣。

從台北車站搭上中午十二點多南下的自強號，我在走道上的人群中穿梭，尋找座位。螞蟻般的人們，燥熱的天氣，讓我額上直冒汗。

好不容易找到位置，擦了擦額頭的汗，把行李往架上放，便一屁股跌入靠走道的座位中，吐了口氣。

期末考剛過，結束大三下的課程。我準備回家過暑假。

想到自己毫無目標的未來，以及無聊的生活，不自覺嘆了口氣。

「年輕人嘆什麼氣？」

這突如其來的低沉嗓音嚇了我一大跳，讓我從沉悶的冥思中驚醒。我轉頭四下張望，一時無法判定聲音來自何處。

就在我大海撈針的同時，又傳來一句：「我在這裡。」

原來，說話的人就坐在我隔壁。

剛才只專注在自己的沉思中，完全沒仔細注意旁邊的人。這會兒我才聚精會神地仔細觀察這名乘客。

那是一名五、六十歲的中老年人，戴著墨鏡以及黑色鴨舌帽；灰白的髮絲從帽底竄出；他穿著黃色花紋短袖襯衫與黑色西裝褲，右手腕戴著一副看起來新潮的手錶。整體而言是很時髦的打扮，宛若走錯時光隧道的老先生，散發出莊嚴的滑稽。

「呃、您、您好。」我乾澀地吐出斷續不全的話語。

老人那黑色的目光直視著我，持續微笑，接著才將頭轉向前面的椅背，緩聲說：「你很無聊是不是？」那語調有一種奇妙的高亢。

「啊，也沒有，只是……」為什麼在車上還要戴墨鏡？覺得外面陽光太強嗎？

「你一定是陷入年輕的茫然中了，」老人嘴唇上的灰鬍子動了動，「這很正常，每個人都曾有過。說實話吧，你現在是不是很無聊？」

真糟糕，我不太會跟年紀大的人聊天，不過禮貌上，還是得回答他的話。

「我現在的確很無聊。」照實回答。

「那好，」老人調整了一下坐姿，「想不想聽個故事？」

我瞪大雙眼，「故事？」

「是啊，你不是說無聊嗎？剛好我們坐在一起，我來講故事打發你的無聊吧！這樣可以嗎？」

真是莫名其妙。我心中既是疑惑又驚訝。怎麼會有這種奇怪的老人？主動說要講故事給陌生人聽！不過再想想，不聽故事的話也真的是沒事做，頂多就是睡覺打發時間罷了。姑且就看看他葫蘆裡賣什麼藥吧！

「如果您堅持的話……那我願意聽。」

老人又露出高深莫測的微笑，「呵、呵。太好了，這樣對我們兩個人來說，都不算浪費時間了。」說到這裡，他彎身從腳邊的行李掏出一瓶礦泉水，咕嚕咕嚕地灌了一陣後，才滿意地擦擦嘴巴，說：「我要說的是真人實事，我認識一位朋友名叫安德森，這事件正是他的遭遇。」

帶著怪異的期待感，我聆聽了奇妙老人所述說的奇妙故事。

安德森是台灣人，高中畢業後便舉家遷移到美國加州，之後便繼續在該處求學；安德森即是他在美國用的名字。

□

在他生活於國外的記憶中有一段特別鮮明，是關於父親的一位朋友。

某次聖誕節的派對中，他們一家人認識了同是台灣來的男子傑德。當時傑德五十歲，在當地大學教授東方哲學，單身，是個很爽朗的人。

安德森的父親與傑德一見如故，聊起了故鄉的種種，很是投緣。

此後安德森家與傑德常有來往。他對傑德的印象深刻，因為對方是個很特別的人。

傑德雖然已年屆五十，但心智卻沒有隨著年齡增長而老邁，反而是如同青春期的兒童一般，充滿好奇心與童稚之心；每次與安德森見面時都是精神奕奕，不斷暢談各種時下流行的事物。一般中年人會關心的事情，從來不曾自傑德口中冒出。

這位「年輕」的先生住在鄉間的一棟大宅邸，整棟房子中就只有他一人獨自居住；清潔打掃等事宜，都是他花錢請人來打理的。據說那大房子是傑德一位很有錢的親戚致贈的，為了答謝傑德某一次的援助。詳情究竟是如何，安德森並不了解。

由於安德森的父親很忙碌，有時放假，傑德會帶安德森出去遊玩。說真的，那段時光，他還挺懷念的，因為聽傑德講話十分有趣，常常可以聽到許多瘋狂搗蛋的論點與故事。對安德森來說，那種想法與氣質是十多歲的小孩才可能擁有的天真。

他記得，有一次傑德帶他到拉斯維加斯遊玩，體驗賭城的氣息。一路上傑德不斷為安德森解說各家賭場的樣貌與特色，並誇張地講述了自己在每一間賭場做過的蠢事。包括他在「馬戲團」賭場玩沙包丟積木的遊戲時，刻意把服務員當成標靶，丟得對方直呼求饒；還有他在「尖塔」大飯店頂樓乘坐自由落體的遊樂設施時，從空中撒尿而竟然沒有被發現；另一件壯舉是，傑德拿著一條有繩勾的繩子，偷偷溜進賭場內某一間女廁，用繩子將門閂自外扣上，害得一群女士差點憋死在廁所前。

聽過這些令人感到半信半疑的故事，安德森對於傑德的印象是又驚奇卻又有一絲畏懼，因為他覺得傑德的天真中似乎揉混了一點點的殘酷與邪惡，有說不上來的惡作劇感，因此他總是沒有辦法敞開心房地面對傑德。

經過那次賭城之旅後，暑假來到，正巧安德森的父母要回台灣辦一點事，傑德知道這件事後，主動提出讓安德森暫時寄住他家，安德森的父母欣然答應。

安德森雖然感到不安，卻也有一絲期待，畢竟跟傑德在一起總是不會無聊。

告別雙親後，車行了好一段時間，才到達目的地。

傑德的宅邸他來過幾次，每次來都印象深刻：裡頭有一股古色古香的氣息，彷彿是藝術展覽室；腳下的地毯踩起來柔軟無比，觸感十分美好。他對宅邸的印象是，愜意但空洞。

傑德引領他到暫住的臥房，這時他才發現屋子內房間佈置得錯綜複雜。許多長廊交錯迴轉，一離開自己的房間就宛若步入迷宮。好在傑德替他挑的房間在一樓的盡頭，不需要花費太多力氣，便能往返臥房與玄關。

於是安德森展開數個月的新生活。

他每天做的事不外乎是聽聽收音機、讀讀書，要不就是躺在床上發呆；偶爾他會自己出門散步，但因人生地不熟，後來就不自行外出了。每隔幾天傑德會開車帶他出去晃晃，但大多時候宅邸的主人總是關在書房裡做研究或是出門到大學去。這老教授認真起來的時候，總是一句話也不說，屋子裡就會沉默得跟墳場一樣。

晚餐桌上，傑德會講些鬼故事或誇大的幻想故事；說實在的，安德森還滿期待那段時光，因為那是略顯單調的一天唯一散發出色彩的時刻。

乏味的日子久了，總是會有奇妙的事發生。

那是在一個晚餐是烤雞配上蔬菜濃湯的夜晚。餐桌上，傑德放下刀叉，對安德森說：「孩子，今晚有一位客人要來拜訪我，是關於工作上的事。那位客人叫薛寧教授，是美國人。我忘了跟他約好會談時間，只說好是今晚。剛剛撥了他家電話，他好像已經出門了。」

安德森靜靜地聽，並拿了紙巾擦了擦嘴巴。

「他是第一次來我家，我有給他這裡的住址。正巧我們家電鈴壞了，我告訴他敲門後再直接進來即可，今晚不鎖門。由於我實在不知道他什麼時候會到，因此想麻煩你幫一個忙。」

「什麼忙？」

「你的房間就在我的書房對面，可以麻煩你就坐在房門口，等薛寧教授進來時，指引他到我的房間，你再敲門叫我出來好嗎？」

「為什麼你不坐在客廳等他呢？這樣他一進門你馬上就知道了。」

「我必須在書房內準備我們要研討的文件，不可能一直坐在那邊等。」

「……好吧，反正我也沒事做。」安德森已經習慣傑德的古怪，對於他奇怪的要求，多問也是無濟於事。

「好孩子，等會兒我會幫你把桌椅搬到門口。」

安德森沒多想，只是漫應了聲「好」。

餐後，回到房間，傑德把輕便的桌椅搬至安德森房門前，並為他準備了幾本書，以免他無聊。

「那麼，我回房了。」

傑德拍了拍安德森的肩膀。接著安德森聽見對面書房的門發出吱嘎聲響。傑德進房了。

他知道書房的門已老舊不堪，開門關門都會發出極大雜音，但懶惰的傑德也沒去管它。

安德森坐的位置等於是直接監視書房，就算他埋首書中沒有注意對面的情況，門產生的噪音也會告訴他有人出入書房。

往左的走廊方向直通玄關，他只要等待薛寧教授來到即可。

時間一點一滴流逝，差不多一個小時過去了。

就在無聲的寂靜中，大門方向傳來敲門聲。

安德森抬起頭。訪客來了。

「是薛寧教授嗎？這邊請，」安德森揮了揮手。

他等待對方穿越走廊走過來。

「請問……」來客用的是英文，嗓音略顯蒼老，身上散發出濃重的古龍水味。
「您好，」安德森也用英文回答，「我是傑德教授的朋友，我叫安德森。」
「傑德跟我提過你的事，他說你是個好孩子。」
「啊，過獎了……」
「呵，我跟傑德約好今晚見面。抱歉剛剛找路花了一點時間。」
「教授他在書房等您。就在對面這間房。請等一下。」
安德森起身，走向對面的房間，輕輕敲門。
「傑德！」他又敲了幾下。「傑德！」再敲。
沒有回應。
「奇怪，」安德森皺眉，大喊了幾聲，但傑德還是沒有應門。
「會不會是離開房間了？」薛寧教授說。
「不可能，我一直坐在房門前，可以肯定他沒有離開房間。」
「這就怪了，會不會是睡著了？」
「我進去看看。」
安德森轉動門把，門沒鎖。他踏入房內。
背後的薛寧教授突然驚呼一聲。「裡面沒人啊！」
這句話觸動了安德森緊張的神經，他反射性地大叫：「這不可能！一定在裡頭！也許在桌子或床底下……」

他發現自己趴了下來，努力搜尋房間裡的每一吋。桌子底下、椅子底下、床底下都沒逃過他的搜索網，甚至連衣櫃、置物櫃跟抽屜都被翻找了一遍。

在薛寧教授的協助下，書房被徹底搜尋。但最後他們兩人仍徒勞無功。

這時安德森發現了一件驚人的事實。

書房的面積不大，而且裡頭的窗戶是從內反鎖的；房內到處都沒有傑德的蹤影，那麼他到底消失到哪裡去了？

安德森過去一小時就坐在書房門前，絲毫沒有聽見門開關的聲響，這代表沒有人進出書房，但傑德明明在稍早之前關門進了房間！

在只有一個出入口的窄小空間內，傑德到底憑空消失到何處？

安德森突然一陣毛骨悚然。他向薛寧教授解釋這令人匪夷所思的情況。

對方顯然半信半疑。

「傑德一定有出來，」薛寧教授說，「一定是你恍神沒注意到。」

「不可能，」他極力反駁，「那扇舊門的聲音足以將人從睡夢中吵起，我不可能漏聽。」

「不然怎麼解釋這怪異的現象？」

「我……我不知道。」

薛寧教授嘆了一口氣。「傑德這傢伙很愛搞怪，也許這是他的新把戲……他沒提嗎？」

「什麼都沒說。」

「好吧。既然傑德不見蹤影，那我待在這裡也沒有什麼意義。不介意的話，我先走了。」

「可是……」

「放心吧，我想傑德沒什麼事的，這一定是他的鬼把戲。好好回房睡一覺吧，明天傑德應該會像魔術師一樣地再度出現。」

薛寧教授的語氣聽起來很疲憊，他可能真的很累了吧。

「只好這樣了。」安德森嘆口氣。

「晚安，書房的門我幫你關上，你快去休息吧。」

教授拍了拍安德森肩膀，便把書房的門關上。門發出巨大的聲響。

薛寧教授離開了。

宅邸又恢復靜謐。

安德森搖了搖頭，感到莫名其妙。他甚至不確定傑德會不會回來。

就在他準備收拾桌椅時，意想不到地，開門的雜音突然劃破寂靜——

「安德森！剛剛是不是有人來過？」

熟悉的嗓音！

安德森不敢置信地回身……

「安德森！你在發什麼呆？我問你薛寧教授是不是來了？」

他後退了幾步，剛拿上手的書幾乎掉落。消失的傑德，此刻竟然又活生生地從那詭異的書房中出現……

「薛寧教授來過，」他顫抖地說，「可是你並不在房裡啊！」

「胡說什麼！我一直都在啊！我剛剛有聽到一些談話聲音，應該有人來過吧？」

安德森愈發不可置信了，「那是我與薛寧教授的談話聲……可是我們進去書房找過，你並不在啊！」

「安德森，我不喜歡被人耍，可是你今晚真的讓我感到氣憤。」

就在安德森欲極力反駁之際，傑德又搶先開口了：「算了，你大概是有點發燒吧，我昨天就覺得你的額頭燙燙的，明天帶你去看個醫生……我會打電話跟薛寧道歉，你趕快去睡吧！桌椅不用收了。」

說完，門砰地一聲關了起來。

安德森悻悻然地退回房內，關上門。

荒唐！這一切到底是……

他拚命地思考，壓抑住情緒的高漲，先試圖理性分析推斷。但腦袋像蒸騰的鍋爐，不聽使喚……他甚至懷疑自己是不是瘋了。

一瞬間，他突然想起，方才傑德再度出現時，身上散發出一種氣味……

安德森握緊雙拳，一陣憤怒湧上，但隨即被笑意掩蓋，他又想哭又想笑，心中迸生矛盾。

最後他只對著窗外的夜幕說了句：「是我太笨。」

□

收垃圾的清潔婦提著垃圾袋走過，我把鋁箔包飲料投進袋內。

「你覺得如何？」老人笑著問。

「什麼如何？」我皺皺眉。

「故事的謎底。傑德是如何從密室內消失的？」老人微笑的嘴角很有挑釁意味。

我再度皺眉。「很莫名其妙的故事，我完全猜不出來。」

「動腦筋想想。」

「……安德森看見傑德進入書房，他也發誓傑德沒有走出書房，但傑德卻消失了……這……根本不合理嘛！」

老人搖了搖頭，「你剛剛說的話有點錯誤。」

我愣了一下，「什麼錯誤？」

「剛剛的故事中，安德森有說他『看見』傑德走進書房嗎？」

「難道沒有嗎？」

「你沒有仔細聽，剛剛我說『安德森聽見對面書房的門發出吱嘎聲響』，至於下一句『傑德進房了』只是安德森的主觀認知。聽見門的聲音，傑德又說他要進房，安德森當然會認為傑德真的進房了。」

「你在說什麼？我愈聽愈不懂了。」

「你仔細想想，薛寧教授長什麼樣子？」

「唔……不知道。」

「那傑德長什麼樣子?」

「……故事裡沒說吧。」

「那就是關鍵了。安德森完全沒描述這兩人的長相，尤其是薛寧到訪時。你不覺得很怪嗎?」

「是有點怪，但也不至於不合理，沒有規定說一定要描述長相吧。」

「用點腦筋。為什麼安德森在書房裡找不到任何人?『找』不到任何人是不是等於『看』不到任何人?」

「我愈來愈不懂了……」

老人又笑了。「我就公佈謎底吧。安德森為什麼無法在書房中看見任何人?因為他根本看不到。」

「什麼?」

「事實上，安德森是個瞎子。」

□

這次我沒有皺眉，而是嘴巴半開。

「瞎子?可是他看書啊!」

「你不知道點字書嗎?再回想一遍故事中關於安德森的敘述，你就會發現完全沒有關於『視覺』的描述。」

「……好像是。」

老人搔搔戴著帽子的頭，說：「其實正確來講，就算安德森沒有失明，他也不可能在書房裡發現任何人，因為那房間打從一開始就沒有人在。」

「可是……」

「如我剛剛所說，安德森只聽見傑德說要進房，然後便是門的吱嘎聲。其實傑德只是把書房的門關上，然後往客廳去了。」

「難道安德森聽不見腳步聲？」

「別忘了房內的走廊有地毯呀，只要放輕腳步，安德森很難察覺。」

「那薛寧教授與傑德是同一人了？」我開始明白了。

「沒錯，傑德玩了變聲的把戲。他離開走廊後，便在客廳或其他地方等待，接著才故意弄出敲門的聲響，讓安德森以為薛寧教授來到。接著他再上前與安德森交談，偽裝成薛寧教授。

「接下來的戲碼你應該可以了解。因為房內沒人，搜索當然徒勞無功，而這時薛寧教授再假意說要離開，並把書房的門帶上，製造出聲響，讓安德森以為對方是關上門後離開，實際上是進入書房再關上門。也就是說，薛寧教授回到書房後又化身為傑德，再出現！」

「可是安德森沒聽見薛寧從大門離開的聲音，怎麼沒起疑？」

「他也沒聽見薛寧打開大門的聲音呀，只聽見敲門聲。這代表從他的距離聽不見大門開關的聲響。」

我突然又理解更多細節了。「所以薛寧離開前也沒有要安德森去鎖門，因為大門一直都是鎖上的。」

「沒錯……傑德再度出現時也急著把他趕回房間，以免安德森想到要去鎖大門進而發現真相。」

「竟然能做到這種地步。」

「盲人的聽覺與嗅覺會比常人敏銳，傑德便是鎖定了安德森的聽覺做鬼把戲。由於他怕自己化身為薛寧教授時，身上的體味會被安德森嗅出進而識破其身分，因此噴上了一層古龍水。」

我拍了拍大腿，「我知道了，當傑德再度現身時，沒有辦法除去身上的香味；之後安德森回房後想起這點，才發現薛寧與傑德是同一人。」

老人點點頭，「安德森也因此才發現傑德捉弄人的惡作劇。」

「但噴上古龍水仍然會被安德森識破呀？他後來一定會察覺到是一樣的氣味。」

「可是不噴的話一開始就會被識破了。此外，這也是給安德森的線索。」

「但這一切有什麼意義？傑德只是單純為了好玩？」我不解地問。

「我也提過傑德的個性，他就是這麼一名瘋狂的人，連對自己朋友的小孩，也不放過捉弄的機會。不過我相信他絕不是出於惡意的。」

「我還是很難想像世界上有這種人。」

「你還年輕，以後會遇到的怪人多得是呢！」老人乾笑了幾聲。

我尋思半晌後，問：「對了，你說安德森是你的朋友，那他現在怎樣了？還在美國嗎？」

老人突然詭異地看著我。
「你還真遲鈍，你還沒發現嗎？」
「什、什麼還沒發現？」我又半張嘴。
老人比了比臉上的墨鏡，不急不徐地說：「我就是那位安德森。」

□

恍然大悟。
我抑制不住驚訝之情，盯著那副墨鏡。難怪他在火車上還戴著墨鏡，我以為只是因為外面陽光太強。仔細一看，他腳邊的行李靠放著一支白手杖，應該是盲人手杖。原來老人的打扮一開始就給了故事謎底的解答。只是我一直沒發現。
「你、你是盲人？」
「用不著那麼驚訝吧？」
「原、原來如此。」我一時還無法從驚愕中回復。
盲人老人講述自己的故事，還真奇妙！
這時，火車上的廣播響了。
「桃園站到了。」
老人站起身。「啊，抱歉，該下站了。我朋友住這裡，我要去找他。」

我趕緊把腳縮回，讓老人過去。他看不見，要是被絆倒，那可就麻煩了。

老人抓起行李與手杖，走到走道上；他轉過身，對我鞠了個躬。「年輕人，很高興認識你，這是我難忘的經驗。」

聽到「年輕人」三個字，我突然發現一件事……

對方迅速伸出右手，摘下墨鏡。墨鏡底下不是別的，正是閃亮、銳利的雙眼！他笑著說：「至此，你應該明白，我不是那位安德森了吧。傑德才是我的正式名稱。」

說完，也不管我再度湧起的驚訝，老人頭也不回地消失在走道盡頭，像風一般地逝去了。

THE END

【解說】

杜鵑窩人

斯諺應該是台灣推理文壇近年來創作力最豐盛也最用功的作家！尤其在他到紐西蘭攻讀哲學博士學位的期間，已經悄悄地成為台灣推理作家出版作品數量第一的人選，甚至還翻譯了自己的作品而登上了《EQMM》，並且出版了自己的長篇《雨夜送葬曲》的英文翻譯版本，而這些成就竟然是在繁重的博士班課業壓力下達成的！只能說斯諺個人的創作力和企圖心的旺盛程度，真的是讓人瞠目結舌，讚嘆不已！

從斯諺的臉書英文名字就可以知道，他是古典本格的愛好者，倘若有讀者曾經拜讀過他所有創作的推理作品，自然會發現他的推理創作的特色是詭計為中心的本格特性，解謎也就是他作品的重點，可以說遵守著古典本格的規則，卻不墨守成規，能夠在讓讀者意想不到之處有著創新的嘗試，真的不簡單。此外，斯諺個人好像特別喜歡「無犯罪推理」的推理作品，也曾經捍衛過他自己的理念。記得當年曾經在某次推理迷聚會的時候，好像有人認為所謂的「無犯罪推理」應該很難寫成長篇推理小說，他個人應該有些不以為然，因此在這次的討論之後不久，斯諺就寫出了《尼羅河魅影》（2005），證明長篇推理小說是可以有無犯罪推理的作品呈現，可見他個人的堅持。

〈看不見的密室〉這個短篇非常精彩也非常有趣。本篇作品印象中好像是首次刊登在二〇〇五年的野葡萄文學誌第二十二期，剛好和前述的《尼羅河魅影》是同期的創作。當時推理文壇受日本的影響甚深，同時也吹起所謂的「敘述性詭計」，而且在台灣也蔚為風潮，本篇〈看不見的密室〉若要嚴格說來，則應該是「敘述性詭計」加上了「無犯罪推理」的精彩結合，當年讓我的印象非常深刻，應該說我個人就很激賞這一篇處處充滿巧思的作品，沒想到多年以後我竟然能夠幫〈看不見的密室〉來寫解說，這真是緣分的安排。

〈看不見的密室〉這篇作品的故事很簡單，就是一場在火車上的巧遇，在兩個陌生的旅人萍水相逢，百無聊賴的情形下，以說故事的形式來解謎，這是很古典形式的安排了。這種作品，作者看似無負擔，畢竟沒有需要用到各種複雜的刑事偵查技巧，出錯機率比較低。其實不然，這種形式的推理故事純粹看作者的功力，功力不佳者容易淪為自說自話，看似有推理的性質，其實則是作者的想當然耳；在最近的「台灣推理作家徵文獎」中還有入圍決賽的作品有著類似的錯誤發生，讓人遺憾。這樣的推理作品，因為沒有其他證據可以輔助，完全是作者說了算，如果作者的功力不足，那將會是一場災難，而〈看不見的密室〉做了最佳的示範。本篇故事的解謎和「敘述性詭計」都在一開始的標題上就已經同時存在，讀者如果看完還不能體會，不妨和標題再互相對照一下，當能體會出這篇作品的奧秘之處，因為作者早就把答案說出來了——看不見嗎？！

【作者簡介】

杜鵑窩人

推理評論家，台灣推理作家協會前會長。

眼中的殺意
Malice in the Eye

本作完成於〈看不見的密室〉之後，投稿《野葡萄文學誌》但未收到回覆，稿子就這樣一直躺在電腦中，直到二〇一一年才正式發表於《推理世界》A版二月號。本書收錄的是改訂版。

角膜受贈者會看到捐贈者死前看到的影像……這樣迷人的驚悚設定深深吸引著我，便決定要以此為題材寫出一篇作品。印象中，《怪醫黑傑克》的某個短篇以及勞倫斯・卜洛克的《黑暗之刺》都是同樣題材的作品；我在創作這部作品時小心翼翼地避免重複前人軌跡，是否成功留待讀者評價。

一切是來得那麼突然，莉寧連喘息的機會都沒有，便掉入恐懼的深淵。她兩手緊拉著被褥，不斷地往上提蓋過下巴；兩眼直勾勾地盯著窗外，盯著那團令她全身發抖凍寒的物體。

與床鋪平行的對牆上裝設著一道開往小陽台的門，門邊是一扇窗，斜對著床腳邊的房門。窗簾此刻是往兩邊收攏的，夜裡的月光從窗外透入，形成視線中幽暗的微亮。

在這小小的方形房間內，壓迫感格外顯著。

為了避免七月的悶熱，窗戶是敞開的，但透氣用的紗窗緊閉；就在紗窗後，那讓人心寒的「臉」，靜靜地注視著她。

說「臉」不甚恰當，因為所有的臉都被黑色的長髮給覆蓋住了，只露出一隻閃閃發亮的眼眸。如同日本鬼片中的長髮女鬼，那張臉靜止在窗外默然地注視著莉寧。

她發不出聲音，只能僵硬地繼續躺著，用忘了眨眼的雙眸回盯著那張臉；少頃，長髮女鬼突然從窗外消失，留下寂靜的延續。

莉寧仍僵在床上，驚魂甫定，腦中浮現上禮拜凌晨時的畫面。那時她也是被不知名的聲響所弄醒，接著便發現窗口盯著她看的臉。

而這一切，全要追溯回兩個多禮拜前令人發毛的夜晚，那名長髮女人的第一次出現……

□

那是一個悶熱的夜。

莉寧一個人提著小包包，走在空曠的小路上。

從台東的某大學畢業後，她接受了畢業等於失業的事實，徘徊於求職的迴路迷宮中，度過了昏暗的兩年。

由於家庭破碎，家裡無法提供支助，她只好自力更生，斷斷續續換了許多工作，辛苦過活。好不容易在今年初，她於花蓮市區新建的百貨公司內找到了一份工作，負責販售旅行皮箱。她是晚班人員，下班時都已經是十點多了，回家洗過澡後便立即上床，因為隔天還有在百貨公司旁的餐廳服務的工作，不能熬夜。

莉寧租的房間離市區不遠，租價便宜，整棟樓的房間都是租給社會人士，男女不限。她花了不少時間與力氣才找到這棟離上班地點近、價格又不會太離譜的房子，也顧不得裡頭的房客龍蛇混雜。

之前為了急用，她把機車給賣了，反正住的地方離市區近，只要步行就可以了。不過嚴格說來，所謂近，是指直線距離而言，若沿著大馬路走的話，必須繞一圈才能到達市區，沒有交通工具的話十分費時。但莉寧看中的就是這棟房子的背面，是一片荒蕪的田埂與林地，只要直線穿越這片廢地，便可以從小岔路出去，到達通往市區的大馬路。

這便是她每天往返的路線。

晚間過十點，莉寧拖著疲憊的身軀，在昏暗的小路上行走。頭十分疼痛，已經痛了好幾天了。這時心中湧生一陣酸苦。

說實在的，她相當不喜歡這條路線，毫無人跡、黑暗、讓人恐懼、容易發生危險；她總是提心吊膽，用最快的速度穿越這片猶如死城般的林地。穿越的當時，便埋怨起自己的人生為何過得這麼辛苦，就跟黑夜一般了無光澤。

眼前除了黑壓壓的林木與田園，偶爾還會出現幾棟頹圮的木屋，若隱若現在林間，但她從來不會多看一眼，總是快步疾行，片刻不停留。

藉著月光與遠處的燈光，她勉強能辨認小路的輪廓；在她的提包裡隨時都放著一支手電筒，萬一沒有光源，便可以拿出來應急。

過著這樣的生活，竟也持續了半年；對於黑暗的返家路線所生的恐懼，她最後也痲痺了。她把注意力轉移到今天上班時間於人群中所瞥見的俊男，腦中回憶起那人的影像；同一時間，眼角捕捉到前方地上的角落，閃現了游絲般的光暈。

奇怪，這裡為什麼會有光？

就她所知，這片廢地是無人居住的，僅有的幾間木屋都是廢棄的建築。她往前走，朝光的方向望去，一時之間，遏止不住心中的恐懼。光的來源是右邊的林地，隱藏在枝葉茂密的樹叢中的是一間木造平房；面對莉寧的一扇窗上透出了人影，是一名長髮女子的身形。

女子以側身面對窗戶，微微低著頭不知在注視著什麼，瀰漫著哀戚感；或許是光線不強的緣故，整個側影輕飄飄的，神似鬼魂。

也不知道是太有勇氣，還是因驚嚇過度而全身僵硬，莉寧沒有拔腿狂奔，而是呆立在原地。

盯視了半晌，她才快速奔跑離開現場，感受到心中醞釀的恐懼爆發。

回到房間後，連澡也沒洗，直接躲入被窩中，腦海不斷重複播放長髮女子的影像；頭愈發痛了起來，躺了好久才入睡。

第二天，她在床邊吃著買好的麵包，思忖著今天該走哪條路去上班。

她不是膽小的人，不是那種怕鬼的小女生，況且現在時間不太夠了，沒必要特別繞路。

莉寧拿了提包，從房子後門出發，踏上泥土小路，心頭躍動。

路上仍是杳無人跡，雖然是白天，卻有一種陰森的空寂。

經過木屋時，她猶豫了一下。最終，好奇心戰勝了恐懼。她心裡想著，只要從窗外快速看一眼就好，於是放輕腳步，踏入林中，朝昨晚出現人影的那扇窗逼近。

從空的窗格子探入裡頭看，空蕩蕩的一片，連家具也沒有；地上多是髒污的土或從窗外飄進的落葉，沒有人待過的跡象。她瞥了幾眼便立刻離開。

昨晚會不會是幻覺？近來頭痛加劇，應該是太勞累的緣故；之前她有幻聽，醫生說是太勞累、壓力太大，要她多休息。這次，或許也是同樣的情況吧……

努力說服自己沒有什麼事後，莉寧踩著輕快的步伐上班去。

不過，長髮女子的影像，始終無法從心頭抹滅。

經過了同樣疲累的一天，好不容易熬到下班時間，莉寧踏上返家的路途。

在百貨公司門口躊躇了半晌，最後還是決定走原本的林間小路。都已經走半年了，早習慣了，再說這條路真的快多了。

今晚的心情，與過往不太一樣，因為內心中懸掛著疑慮，無法釋懷。她屏氣凝神走著每一步。黑暗中，草木皆兵的恐懼感深深瀰漫著，月亮被雲團遮掩了。莉寧打開提包，取出手電筒，發覺自己的手在顫抖。

來到木屋所在處，她緩緩地將頭往右轉……

空窗格子透出昏黃的光，窗框內浮現長髮女人低著頭的側影，就像剪影一般……

她的頭又痛了起來，踉蹌了幾步。

身子晃動時無意間將手電筒的燈光打向窗口；窗後的女人似乎意識到燈光，緩慢轉頭過來。被長髮覆滿的臉上，只露出一隻眼睛。

莉寧拔腿狂奔，沒有再回頭。

□

「真有這種事嗎？」怡娟啃了一口勁辣雞腿堡，說。

她有一張清秀的臉龐，身材豐滿，穿著白色無袖上衣，頗有幾分姿色；長長的頭髮在腦後紮起俏麗的馬尾，隨著頭部轉向而晃動。

怡娟住在莉寧隔壁，她在一家書店工作，因為工作時間的關係，兩人白天在公寓不常遇到，但偶爾中午會一起吃飯。

此刻兩人坐在花蓮市中山路的麥當勞一樓，望著窗外的車群與人群。

「信不信由妳。」莉寧嘆了口氣，回答。她抓起可樂啜了一口。

她跟怡娟不算特別熟，不過目前也只有她能傾訴了。

「遇上那女人的第三天晚上，我走大馬路回家，繞一圈走得腿酸得要死。隔天早上，我走那條林間小路，經過木屋時，仍鼓起勇氣到窗邊探查；不過，仍是什麼都沒發現。」

「後來呢？」

「我連續三天晚上不走小路回家，結果累得半死。最後我重回林間小路，可是卻沒再遇上那女人了。」

「消失了？」

「嗯，不過，我有拿了手電筒，走到窗邊往屋內照，結果什麼也沒照到。」

「在晚上這麼做？天啊，妳真是太有膽了！」

莉寧苦笑，「我也不知道，我這個人很奇怪，總是有一種盲目的勇氣。我還記得每次跟朋友去海邊旅行時，看到告示牌寫著前方危險禁止前進時，二話不說就繼續前進，不知道是太傻還是太勇敢。」

「我想都有吧。那件事還有後續嗎？」

「有。接下去的兩個禮拜內，在凌晨發生三次同樣奇怪的事件。幾乎在同一時間我被莫名的聲音吵起，然後便發現窗口貼著一張臉，就是那長髮女人的臉。」

「妳沒呼救嗎？」怡娟皺著眉問。

「沒有。那女人窺探一會兒就消失了，隔天我打開陽台的門查看，也是什麼都沒發現。」

「所以妳總共目擊了這女人五次。」

「嗯，每次看到她我頭都好痛。這件事造成我好大的壓力，每天出門都得苦惱該選哪一條路去上班。選大馬路的話，上班一定會遲到，唉，真的好煩啊。」

莉寧右手托著腮，手肘抵著桌面，神色黯淡了起來。

怡娟躊躇了半晌，問：「妳最近是不是很累？我是指這件事發生之前？」

「我是很累沒錯。我知道妳要說什麼，妳要說這整件事是我的幻覺對不對？因為聽起來相當離譜。我承認我頭很痛，也曾經有過幻聽，我現在已經有點分不清楚現實與虛幻了。」

怡娟啜了一口紅茶，盯著外頭的景物，「莉寧，我記得妳上次提過，你以前做過角膜移植的手術，是吧？」

她抬起頭來，神色驚訝，「咦？有的，兩年前的事了吧。怎麼了嗎？」

當時因眼睛嚴重細菌感染，才會動此手術。還好當醫生的舅舅資助了手術費，否則她根本付不起。

怡娟說：「妳有沒有聽過一種說法，死亡的人最後看到的影像會殘留在眼裡，因此，接受角膜移植的人，有機會目睹捐贈角膜者最後看到的畫面。」

「我知道，可是，這不可能吧，這不是科幻小說中虛構的情節？難道妳的意思是我看到的長髮女人是……」莉寧知道怡娟喜歡看科幻小說，不過她竟然試圖用裡頭的情節來解釋自己的遭遇，這太過頭了。

「妳怎麼知道這不可能？」怡娟的語氣嚴肅起來，「科學不能解釋的事情太多了，人類所知又是那麼少，這世界上那麼多靈異的事情不是到現在都還沒有解答嗎？我不認為我提出的假設有多誇張。」

莉寧默然了。角膜捐贈，死前影像……可能嗎？

「莉寧，你知道捐贈角膜給妳的人是怎麼死的嗎？」

「我……當然不知道，這部分是保密的。」

「這樣啊……那就沒辦法了。我直覺妳遇到的事應該跟角膜移植有關聯，如果你相當確定自己不是因病產生幻覺的話。」

因為怡娟下午的上班時間將至，兩人的談話到此為止。她們在路口分手。

□

當晚，莉寧繞大馬路回到住處，途中在便利商店買了份報紙。並非是她有看報紙的習慣，而是下午下了場大雨，鞋子溼透了，需要報紙來塞進鞋中吸乾水分。平常報紙、新聞她一律不看，這可說是她半年來第一次買報紙。

撕報紙時瞄到社會版新聞，「屍體切割狂」幾個字掠過眼前。好像有聽同事說，最近北部出現變態殺人狂，已有兩人遇害；其他還有神祕客瘋狂縱火的新聞，弄得人心惶惶。不過，她不關心這種事，反正每隔一段時間都有重大案件發生嘛。

她關上床對邊的窗戶前，確認陽台上沒人；接著上了床鋪，心中酸苦起來。其實，她是想搬離這個地方的，要不是房租與地點的合適，她一定會搬走的；雖然房間組成算不錯，每一間房都有小浴室，外頭也有小陽台，但房客男男女女相當混亂，流動率也大。像最近她隔壁搬來一名年輕男子，對面也新搬來兩名中年女子，常常搞不清楚自己的鄰居是誰，又是什麼來歷，自然會有一種不安全感。

要搬到別的地方，多麼麻煩！最討厭搬家了。她暫時也沒有預算買機車……

莉寧懷著無奈，盯視著對面的窗，深怕那令人背脊發冷的面孔再度出現。

她突然開始相信怡娟的話，之前看到的一切都是捐贈角膜給她的人死前所看到的影像，如此一來，那名長髮女人，會是誰？

她在極度的不安下沉入夢鄉。

□

莉寧沒有忘記有關角膜捐贈的事，利用休假的時間，她著手進行調查。

雖然麻煩又費力氣，但整件事已嚴重干擾到她的生活步調，拚了命也要知道真相，因此犧牲休假時間也在所不惜。

但要調查這件事並不容易，她拜託了當初在同一間醫院工作的舅舅。

舅舅只跟她說不一定能查到，要她等待幾天。

三天之後，她收到消息。

捐贈角膜給她的人是一名二十七歲的女子，名叫楊亞卿。

令莉寧震驚的是，楊亞卿是死於謀殺！這名女子生前就簽下器官捐贈的同意書；她被害後送往醫院急救無效，被判定腦死後才捐出器官。

莉寧抽空前往花蓮天河大學的圖書館調閱微縮資料，希望能得到更多的訊息。從兩年前的報紙報導中，清楚地說明了當年兇案的經過。

三年前台灣出現了一名變態殺人狂，這名殺人狂根據目擊者所言，是一名長髮女性，專挑長髮年輕女子下手，楊亞卿是第四名受害者。

楊亞卿死後兇手銷聲匿跡，並在案發現場留下一段文字，宣稱她對長髮女子懷有極度的厭惡；為了殺害她們，刻意自己留起長髮，再以留著長髮的姿態去殺害被害者；也就是讓自己成為自身厭惡的模樣，去毀滅同樣模樣的人；在這樣的過程中，得到虐待的快感。這種詭異的變態心理，在當時蔚為話題，心理學家認為應該還有不少潛藏這種變態人格的狂人尚未浮現。

而楊亞卿被殺的現場，就是莉寧每天經過的木屋！

離開圖書館，莉寧感到一陣毛骨悚然。她在木屋所看到的，應該就是當年的殺人狂了，是楊亞卿死前看到、兇手的影像。

被害者的角膜承受著恐懼，讓莉寧不斷看到長髮女人的影像，那是一種死不瞑目的執念。

「木屋的女人影像……會不會是被害者想告訴我什麼呢？」突然這個念頭閃過腦際。有關死前影像以及兇殺的一切，糾纏著她，相當紊亂。莉寧暗自下了決定，明晚，她要再走一趟木屋……

□

隔日夜晚，莉寧依舊帶著手電筒，在下班後走入林間小徑。頭十分疼痛，視線有點模糊，她開始懷疑觸目所及是否都是幻影。

今晚沒有月光，莉寧早已打開手電筒，照著前方不可知的黑暗。

來到了木屋處，一片漆黑；她將手電筒的燈打入屋內，從窗戶望進去。一如往常，什麼都沒有。

她的心怦怦直跳，一股奇異的衝力支配著她。莉寧走到木屋正面，推開搖搖欲墜的木門，藉著手電筒光線的導引，慢慢步入屋內。

——來到這裡，角膜應該會有所感應吧，楊亞卿會透過她的雙眼傳達給我什麼訊息吧。

她提著手電筒往另一側隔間照，那個部分從窗戶是看不到的。

手電筒的光持續往右移動，突然間，光掃過地板一團物體。

莉寧僵住了，她以緩慢顫抖的速度將手電筒的光往左照回去，直到那團物體呈現在光圈中。

那是一個運動揹袋，有東西從裡頭伸出……是刀具嗎？

地板上還鋪著一道地毯，擺著一個熄滅的手提式手電筒。

——這、這是怎麼回事？

慌亂之時，晃動的手將手電筒的光源打入房間更深處，她赫然發現，在牆前站立著一名長髮女子的身影！

慢慢地將光往上移動，這套衣服，似曾相識……

光上升至那女人的臉，那是……那是怡娟！

怡娟面孔扭曲地站在那裡，原本紮在腦後的馬尾此刻全散開來，呈現披頭散髮的模樣；她的左手垂在身側，右手舉在半空中，握著一把切肉刀，上頭沾滿了血……

莉寧向後退了幾步。

「我直覺妳遇到的事應該跟角膜移植有關聯」、「屍體切割狂」……

一瞬間她全都明白了。

怡娟便是那名銷聲匿跡已久、專挑長髮女子下手的屍體切割狂，地板上那名女子是最新犧牲者，而木屋便是作案地點！莉寧晚上在木屋目睹的女子便是怡娟，將頭髮放下遂行殺人快感的惡魔！她將自己的疑慮告訴怡娟，對方沒有想到竟然會被目擊，為了安全起見，以角膜移植能看見死前影像的理由來欺騙莉寧，讓她不起疑；為了讓莉寧深信死前影像的說法，怡娟還扮成女鬼在半夜嚇她，讓她分不清現實與虛幻……沒錯，她們的陽台是相連的，吵醒她的不知名聲響，就是對方跳至陽台時發出的聲音吧……

陰錯陽差，那名角膜捐贈者正是怡娟自己手中的犧牲者，這一定是她沒有想到的……

怡娟也沒有料到莉寧竟然會來到木屋，還是說，怡娟是故意不開燈要引誘自己進來的？

她左手顫抖地摀住胸口，觸摸到垂落的長髮，意識到自己也是長髮女子。

怡娟還是盯著她看，神情相當奇怪，突然，她的嘴角流出血來……

莉寧尖叫了一聲。

怡娟突然向前移動，整個人朝地板上倒去，像摔碎的雕像發出砰的一聲；而那把刀，仍高懸在空中。

在怡娟的背後，還站著一個人，一名長髮女子，刀握在她手中。

覆滿面部的長髮，只露出一隻眼睛……

——這個人、這個人才是我目擊到的女子！

腦袋沒有空間消化接踵而至的衝擊，但眼前這個人，不會錯的！

極度的恐懼襲上，她轉身拔腿就跑，卻撞上了廢棄的木桌，整個人摔倒在地上。手電筒滾落一旁。

「妳到底是誰！」莉寧以崩潰般的語氣大叫，抱著疼痛至極的膝蓋，一邊拾起手電筒，眼淚終於掉了出來。

那個人左手往頭頂伸去，往下一握，再往上拉，很奇妙地把整束如瀑布般的頭髮摘起，就好像提起一顆斷掉的人頭一般。臉從黑髮中顯露出來。

那是一個男人！男人的臉，相當面熟。

——這、這不是最近搬來，住我隔壁的年輕男子嗎？

男人的臉上沒有表情，他把假髮丟到地板上，手伸進口袋，掏出一張報紙，攤平。

「妳沒有看報紙嗎？」他的聲音很低沉。

那正是莉寧前幾天從便利商店買回來塞鞋子當天的報紙，她只看了標題「屍體切割狂」幾個字便沒再往下看，後面是「專挑長髮女子下手，疑似潛入花蓮」。

她這才了解始末。

這名殺人狂住到莉寧的隔壁，晚上到木屋作案，不巧被她目擊；莉寧拿手電筒照他那晚，男人才注意到她的存在，跟蹤莉寧回公寓後發現她就住自己隔壁，因此盯上她，常常在凌晨從窗戶變態地窺視；因為住在隔壁，陽台當然也是相連的。

怡娟也是被盯上的目標，她們兩人真是可憐的犧牲者，就只因為留了長頭髮……

原來兇手所謂留起長髮，是戴上假髮，也因此被目擊者誤認為女人；或許他所謂留長髮的變態快感，不過是為了掩飾自己的性別……

今晚莉寧一路開著手電筒走路，對方大概是注意到有人來到，就先把自己的手電筒關了。男人慢慢靠近了。

莉寧癱軟向後倒在地上，頭又痛了起來，腦中突然閃過奇怪的念頭。

——我死前最後看到的影像，也會留在角膜上嗎？但這是楊亞卿的角膜……現在看到的這個人，會不會也只是角膜上的幻象罷了……

她頭痛欲裂，現實與虛幻在眼前分崩離析。

THE END

【解說】推理界的台灣之光

胡杰

在華文推理界，無論我們是用什麼標準來看，「林斯諺」三字都絕對是一個響噹噹的名號。

這也就是說，不管是寫作生涯的長度也好、作品本身的質量也好，或是獲獎的經歷也罷，林斯諺這位作者當之無愧，完全稱得上是華文推理界的佼佼者。早在學生時期即出道的他，獲得第一屆人狼城推理文學獎（現台灣推理作家協會徵文獎）佳作的〈霧影莊殺人事件〉以其出乎意料的犯人身分與犯罪手法，成績已然不凡；再接再厲榮摘第二屆人狼城推理文學獎首獎的〈羽球場的亡靈〉，更有著拍案叫絕的精彩詭計；隨後入圍第一屆島田莊司推理小說獎決選的《冰鏡莊殺人事件》則憑藉著不可思議的謎團與真相，將他的創作推上了另一個高峰。當然，第一屆華文推理大獎二等獎的〈第五大道謀殺案〉，亦是篇解謎過程與結局別出心裁的佳品。

甚至當〈羽球場的亡靈〉這篇傑作被翻譯成英文而刊登於最具權威的國際推理期刊EQMM（Ellery Queen's Mystery Magazine）開始，林斯諺就已經繼《冰鏡莊殺人事件》入圍島田獎而揚威日本之後，在華文推理作家的行列中率先於歐美初試啼聲，而堂堂步入世界舞台了。

對此，除了尊稱他為推理界的「台灣之光」，似乎也找不到其他更好的讚美了。

能夠闖出這番不凡的成就，自然與「林氏作品」的特色脫不了關係。個人認為，至少可從眾多的林氏作品中歸納出三大鮮明的特色。

第一，林斯諺是本格推理的忠實信徒，對於詭計的構思以及謎團的營造極為重視，其作品也大多是詭計與謎團經反覆推敲暨精雕細琢後的本格推理。前述的〈羽球場的亡靈〉與《冰鏡莊殺人事件》等自不在話下；早期的《雨夜莊謀殺案》（現更名為《雨夜送葬曲》）一書，亦是「密室殺人」的代表作（個人私心認為，該書若作為推理獎項的參賽作品，成績將不可限量）。

第二，或許是求學時主修的專長所致，讓多部林氏作品中的「解謎」段落格外講究邏輯性。比起別的推理作家，林斯諺似乎將日本推理大師土屋隆夫所謂「除法的文學」落實得更為淋漓盡致。他筆下的哲學家偵探林若平往往縝密地、不厭其煩地以地毯式的搜查與邏輯推理逐一檢視「任何的」可能性，將所有關係人的嫌疑都仔細過濾與排除之後，獲致的最後真相既是「唯一」而「確切」，也能進而對讀者產生堅實的說服力。

第三，大概是人文學科出身的背景（以及，作者所屬的星座？），提供了林氏作品中細膩情感描寫的養分。林若平本人就是位心思敏感、有些多愁善感的偵探；幾度與（他所認定的）真愛的擦身而過，每每教人讀後不勝唏噓。這樣的特色，令林斯諺的書成為理性與感性兼具的優秀作品。

此外，多年來林斯諺在紮實的本格推理基礎上也涉足其他類型，而開拓出豐富而多元的局面，諸如有旅情推理色彩的《尼羅河魅影》與《芭達雅血咒》、純愛兼軟科幻的《無名之女》（入圍第二屆島田莊司推理小說獎複選）、異色作《假面殺機》、硬科幻的《馬雅任務》（入圍第三屆島田莊司推理小說獎複選）等，而反映出作者在執著與熱情之餘的開創性。

本作〈眼中的殺意〉無疑是在與《見鬼》這部電影有異曲同工之妙的「角膜捐贈者生前看到的影像殘留在受贈者眼中」的絕妙發想下，林斯諺以出色的文筆與多重逆轉結局而在驚悚題材中的成功嘗試。僅僅是「主人翁夜夜目擊到的女鬼竟和『屍體切割狂』的連續殺人案有關」，就已經是非常吸睛的設定。

另一個關鍵是，想要將驚悚題材的作品寫好，出色的文筆斷不可或缺。關於這個部分，如果與綾辻行人、小野不由美、三津田信三等日本名家相較，林斯諺在本作中的文筆毫不遜色。不信的讀者，可以挑戰一個人在三更半夜試閱本作看看，包準——頭皮發麻！

【作者簡介】

胡杰

一九七〇年生，天蠍座，熱愛文學、電影、歷史、漫畫與籃球。厭惡來自社會的制式束縛，渴望有一天能自由自在地安排人生，做真正想做的事。在各種類型文學中，深受謎團具懸疑性、結局令人意外而又言之有物的推理小說吸引。喜愛島田莊司、我孫子武丸、折原一、殊能將之、阿嘉莎．克莉絲蒂、安東尼．柏克萊等推理作家。憑藉《我是漫畫大王》在二〇一三年獲得第三屆島田莊司推理小說獎首獎！作品並已發行日文版，揚名國際！近作：校園推理《尋找結衣同學》上＋下冊、《密室吊死詭：靈異校園推理》

死吻
The Deadly Kiss

本作最初發表於大學時代的系刊，後經修改正式發表於二〇一三年《推理世界》A版六月號，此處收錄的是改訂版；三個版本的結局都不一樣，修改的目的都是希望能比前一版更進步。延續〈眼中的殺意〉之風格，本作也是懸疑驚悚小說，加入了一點殘酷愛情的成分。我個人對於陰森詭異的大廈這種場景十分著迷，類似的設定在長篇小說《無名之女》中又出現一次，這裡算是牛刀小試。

「聽說住在『華夏爵邸』的一名男學生失蹤好幾天了……」年近五十的女教授一反往常鏗鏘有力的語氣，用複誦課本裡無聊詞句的語調說著，眼神低迷地望著我們。她那已被皺紋侵占的臉龐罩上一層不知名的陰影。

我的目光從窗外灰濛濛的天際轉回，放下手中的筆，咀嚼著這段訊息。環顧教室，在老師說出這段話之前，筋疲力竭的同學們猶如一群戰敗的士兵，呵欠連連；但此刻，許多人倏地抬起頭，露出探詢訝異的眼神。

「是達瀚技術學院的學生，他的同學聯絡不到他，找到他租房處也不見人影……最近學校附近治安不太好，校長已發布命令，要老師們轉告同學，無論如何，一定要注意自身安全……好了，下次請預習到三百五十四頁，沒事的話，可以下課了。」

單調、機械式的語調麻痺了我的神經，在這黯淡的黃昏時刻，一切都顯得陰冷。宣佈下課，不但沒有打破陰冷的氣息，反倒為逐漸變暗的天色加入了一股曲終人散的哀愁。

「走啊！還發什麼呆！」隔座的麗雯拎起背包，站起身，對我叫道。

「喔，」我趕忙收拾書本，一陣手忙腳亂。

「說你呆你還不相信喔，」麗雯彎下腰，露出甜甜的微笑，用指尖碰了碰我的鼻子。

這名嬌小、「看似」溫柔的女孩是我交往三個禮拜的女友，她是傳播系的學生，我則就讀歷史系，我們都是大二生。至於為什麼會修同一堂課，那是因為這堂課是通識課，我是被她硬拉來修的。

麗雯表面上看起來是可愛嬌羞型的女孩，實際上她卻是十分外向、活潑、開朗。她勇於冒險與嘗試，喜歡參加各種表演與活動，是標準「忙碌型」的女孩，也是鎂光燈的焦點。她演過好幾部校園短片的女主角，人氣頗旺。我到現在還是不明白，為什麼她這麼亮眼的女孩會選擇我這樣平凡，內向，甚至老實到呆滯的男生當男朋友？或許正是因為我老實吧，女孩子才能夠全心信任。

「今天是室友載妳來學校的嗎？我們可以一起吃個晚飯我再送妳回去？」走出教室時，我這麼問。

她低頭沉思一會兒才回答：「不必，我想，你不嫌棄的話來我家吃吧，我家有廚房，想吃我做的菜嗎？」

「當然！」看來她今天心情不錯。

麗雯在外面租房子住，與兩名同學租了三房一廳的公寓。曾有幾次我提過想去她的房間看看，但剛好室友都在家，我就不太方便過去。麗雯說要帶我過去的話，先跟室友說一聲會比較禮貌。因此我雖然知道她住哪裡，卻從沒進過她的房間，沒想到今天她卻主動邀我過去吃晚餐。難道，這是我們之間距離拉近的前兆？

「欣琪跟筱婷今晚不在家嗎？」我問。

欣琪、筱婷是麗雯的室友，我與她們打過幾次照面。

「今晚她們剛好都有社團，大概十點才會回來吧！所以晚上是我們的時間囉！」麗雯別有深意地望了望我。

或許今晚真的會有突破也說不定。我暗自竊喜。只牽過她的手，連接吻都還不曾，如果今晚……

「時間差不多，我們現在就出發過去吧！」麗雯看了一眼手機。她的手機上有著金屬質感的紅色庫柏力克熊吊飾，十分可愛。

外頭大雨滂沱，我撐起雨傘，與麗雯並肩走向車棚。

車棚頂嘩啦的雨聲打著單調的節奏。

天色非常灰暗，比濛濛細雨更強勁一些的雨點拍打著地面，襲擊著萬物，整座校園籠罩著深沉的陰影。

「對了，剛剛老師說的『華夏爵邸』，不就是妳住的地方？」我一邊將雨衣遞給麗雯，一邊問道。

「是啊，這件事我昨天有聽欣琪她們提過，不過詳情不清楚。」

「真可怕啊，不知道發生了什麼事。」

「誰知道呢，」麗雯聳聳肩。

不知為何，昏暗的天色讓我的心中升起不安，有一種詛咒侵入校園的感覺。最近的詭異天氣不提，光是學校附近就連續發生了幾起搶劫、殺人案，治安亮起紅燈。

這社會到底出了什麼毛病？我邊這麼想著，邊跨上機車，麗雯也跟著上車。

機車呼嘯於雨勢之中，雖然雨勢很大，但畢竟是放學、下班時間，路面交通混亂，人車擁擠；雨水模糊了車子的每一片玻璃與機車騎士的安全帽；看不清駕駛者，頓時一切少了「人氣」，讓我的心情不自覺凝重起來。

我騎過幾個街口，來到一處比較安靜的住宅區。此時天色已經全暗。

機車轉入一條小巷子，右手邊出現一排樹林，還有林間的空地。左邊則是一棟幽暗的大樓，四層樓高，幾棟看起來廢棄的空屋比鄰大樓，感覺陰氣逼人、鬼影幢幢。

大樓正面掛著一塊醒目但斑駁的告示牌：「華夏爵邸」。

「停到對面的空地就行了，」她說。

對面的空地被樹林包覆，雜草叢生，堆滿垃圾，不過一排機車倒是停放得很整齊，應該是住戶的車吧。不遠的角落，幾隻野狗啃食著地上的一堆發出腐臭氣味的物體。

這一帶還真是荒涼，半個人影都沒有。這裡雖然是市郊，不過也未免太郊區了一點。

我將機車引擎熄掉，放好雨衣，收好鑰匙。

「其實找你來是有原因的……」麗雯望著草地，神色黯淡，「我覺得我的公寓不對勁。」

「不對勁？」我抬頭望著眼前的大樓，陰沉沉的黑影投射下來，就像一隻黑色的大怪物，沉重地壓迫著我。

沒幾間房的窗戶是亮著的。這棟陰森的大樓真的有住人嗎？感覺上像是地獄裡的旅館；光是這附近的環境，便足以令人心神不寧。

「我們邊走邊說吧，」麗雯拉著我的手，「有些房間在你第一步踏入時便會給你一種感覺，例如有些房間會讓你有居家感、溫馨感，類似這樣的東西。」

我點頭，這我倒是十分能體會，房子有一種「氣」，那是文字說不上來的。

「我與欣琪和筱婷合租這間公寓，是因為它相當便宜，一時也找不到更便宜的公寓，若不是因為錢，我實在不想住這裡……」
「有什麼問題嗎？」
「在我第一次踏入那間公寓時，我感覺到……」麗雯突然停步，轉過頭看著我，臉色閃過一抹慘白，「……一股寒氣。」
「真的嗎？」我不由自主地抬頭再望了一眼大樓，還沒進入便十分贊同麗雯的話。
「我只是希望你陪我，今晚她們都不在，我會害怕，」她別過頭。
難得看到活力十足的麗雯露出這副可憐樣，我很想緊緊地抱住她。就在我情不自禁時，麗雯拉著我的手，經過大門，繞到大樓的側面。
我感到有些洩氣。
那裡有一間看起來像是管理員室的房間，但裡頭沒人。
「電梯壞了，我們走逃生樓梯，」她解釋。
這種爛大樓還有電梯真是出乎我意料之外，裡頭大概沒住什麼人吧！
我踩上第一級階梯，麗雯走在我前面，突然，我聽見背後有奇怪的聲響，似是輕柔的腳步聲，很輕、很柔……
我本能地轉過頭去。背後沒人。
「快走呀！」麗雯催促著我，「你在幹什麼？」
「抱、抱歉，」我回過頭，趕忙追上麗雯。
樓梯間暗得嚇人，盪漾著一股霉臭，空蕩的腳步聲形成詭異的回音，刺激著耳膜，我的膽子不算大，這裡頭的壓迫感似乎要超出我的負荷。

「妳住幾樓？」穿梭在黑暗的空間，我問。

「四樓，」麗雯仍舊緊握著我的手，配合著我上樓的步調。

「電梯是最近壞的嗎？」

「壞一段時間了。」

「什麼……等等，」我停下腳步，用力拉住麗雯的手。

就在約十級階梯之上，是進入四樓的入口，昏黃的微光洩入。就在最上層的階梯，橫臥著一團黑色物體。

就在麗雯要回答時，那團黑色物體突然一躍而起，朝我的方向撲過來，就像從砲台突然發射的飛彈。

「那是什麼？」我深吸一口氣。

我本能地躲閃，卻向後踩了個空，整個人往後傾。

就在我雙手上舉、向後倒的那一瞬間，那團黑色物體已躍至我的眼前，就在這短短的一瞬間，我的神經倏地發麻！

那是一隻黑貓！發亮的綠眼透出殺氣，前爪猙獰地前伸，有如索命的使者。但令我麻痺的不是這些，而是牠那張大的嘴。那大口內原本該是白色的牙齒，上頭卻沾滿了血汙！

這一幕恐怖的影像讓我陷在驚愕中。我們雙眼對峙的時刻不過一瞬間，那影像卻在我腦中永遠停格。

我的身體持續向後倒，黑貓的前爪也持續往前撲，最後勾住我的上衣前襟，隨即，我整個人重重摔在地上。

「走開！」麗雯尖叫。

恐怖感讓我忘卻了疼痛與反擊，就在我落地後，黑貓突然從我身體躍起，快速地往下跑，消失於看不見的樓梯層。

「你沒事吧！」麗雯趕忙過來攙扶，撫摸著我的臉。

「我沒事，沒撞到頭，」腦中還是黑貓的影像。

「那是附近的流浪貓，常常躲在樓梯間嚇人……沒事就好，快到了。你站得起來嗎？」

「應該可以，還好跌倒的高度不高，而且倒地時我的手有扶住地板。」雖然如此，還是很痛，但我不想讓麗雯擔心。

在麗雯的攙扶下，我站了起來。

貓的影像抹滅不掉，尤其是牠的血牙。是我的幻覺嗎？

踩著蹣跚的腳步，我與麗雯穿越樓梯間的門，來到四樓的走廊。牆壁上微弱的燈光拉長了我們的影子；觸目所見盡是老舊的牆面，腐臭的氣息充斥在空氣中；外頭的風雨拍打著窗面，似是鬼魂的訴求。

走廊上，往右轉，出現一扇門。

麗雯拿出鑰匙，開了門。

「進來吧，」她說，身影隨即沒入門內。

我突然又聽到輕柔的聲響。

猛然轉頭，背後仍然沒人。

我感到有點頭暈，這應該是陰沉的天氣所引起的幻聽吧！

「快進來啊！」麗雯的聲音從裡頭傳出。

「喔、好，」我又看了背後一眼，趕忙進門。

眼前是一個小陽台，左邊有一扇通往客廳的門。麗雯拉開門，手探入摸索著電燈開關。燈亮了。

亮燈的那一剎那，不知道是不是心理作用，我感到一股寒氣侵入脊髓。

麗雯說得沒錯，這看起來雖然是很普通的一間公寓，卻有一種說不上來的……詭異感。

我環視四周，與一般公寓沒兩樣的擺設，絲毫無特別之處。小客廳內有幾張並排的木製靠背椅、長桌；桌子對面則是一台黑色的電視機；客廳左側是廚房，裡頭有著簡單的廚具；廚房入口擺著一張飯桌，桌子旁邊立著一座冰箱。穿越客廳後是一條小走廊，門扇林立。

電視機前堆疊了數個紙箱，看起來有一公尺高，活像個小堡壘，上頭還散亂蓋了許多衣物。

「這些紙箱是幹什麼的？為什麼堆這麼高？」

「喔！不是要放寒假了嗎？那是我們三個人打包要帶走的行李。你身體還會痛嗎？我做晚餐給你吃，吃了東西後應該會好一點。」麗雯溫柔地拉著我的手，身上散發出水果香。

麗雯把我安頓在客廳，打開電視，說：「你先看電視吧，我去做飯。」她走向流理台。

麗雯在廚房裡的身影若隱若現，似乎在燉什麼東西。

「我想喝水，冰箱裡有水嗎？」
「等等，我等等再倒給你喝。請先坐好喔。」
過沒多久，她走出廚房，倒了一杯水給我。
「妳不打算搬家嗎？」我一口氣灌完整杯水後，問。
「得住滿一年才能搬，契約都簽了，」麗雯也在我身邊坐下。
「這個鬼地方真不是人住的，陰森森的，感覺什麼看起來都不對勁……」
就在我話語未了之際，一陣刺耳的聲音突然響起。我陡地坐直身子，全身的血液在一瞬間凝結。
「那是什麼聲音？」我壓低嗓音。
「我不知道，」麗雯向我的身體靠過來，顫抖著，她柔嫩的手腕緊抓住我的手。
「聽起來像是……刀子摩擦的聲音，」我發現我的聲音也在顫抖。
我倆靜止了幾分鐘，怪異的聲響未再傳出。
麗雯頭部貼緊我的胸膛，香氣逼人，「我……我好害怕。」
「不必怕，有我在。」說這句話時我很心虛，其實我也很怕。
這一刻相當奇妙，我們從來沒有靠得如此地近，也許這裡發生的一切正是上帝安排的踏板，一個邁向更親密關係的踏板。不知不覺，我的雙臂已圈住那柔軟的身子。
下一刻，兩人的唇有默契地前移……
這是我的初吻，我的技巧拙劣，但麗雯似乎毫不在意。

在這如夢似幻的時刻，我察覺到某種東西從她的唇間吐出，傳遞至我的嘴裡。軟軟、黏黏的物體。

「軟糖，」她低語著。

麗雯的雙唇沒有停下來，我無暇分心，連嚼都沒嚼就一口氣吞下那柔軟的糖果。

她突然鬆開環抱，「晚餐應該好了，你等等。」

麗雯拋下一個嫣紅的微笑，站起身，走向廚房。

太美好了，一切彷彿都不真實，像夢。

一分鐘後，麗雯端著一個加蓋的盤子回來，放至我面前，滿臉微笑：「希望你會喜歡。」

「關於妳的一切我都喜歡。」

她右手緩緩掀起盤蓋，露出今晚的菜色。

望見盤裡物體的那刻，我呆住了。

不真實感持續地延續，不過性質完全不同。

宛若拼圖般，盤子的平面上井然有序地排列著令人毛骨悚然的物件：一隻眼球。一隻鼻子。兩隻耳朵。一片舌頭。

器官排成人臉的形狀，在白色的平面上，好像在對我扮著鬼臉。

我的視線凝結在盤子上，全身都麻痺了，已經不知驚恐為何物。

這些東西似乎不像是假的，上頭還沾黏著一絲絲的血跡！

就在我狂亂的心亂跳之際，出奇不意地，一團黑色物體躍至桌上，一道綠色的眼神穿透我。

是那隻黑貓。牠什麼時候跑進來的？我完全沒注意到……

牠猙獰地望著我，露出帶血的獠牙，接著咬起盤子裡的舌頭，奮力一咬，吞了下去。

牠對著我獰笑。我已經失去了反應能力，覺得頭暈目眩，連說話的力量都沒有。

我顫抖著，視線望向麗雯。她直挺挺地站著，帶著微笑看著我。

「妳……妳……」我吃力地說。

「你注意到盤子裡只有一顆眼球嗎？」麗雯的聲音相當鎮定，帶著一股嘲弄，「因為剛剛我送給你一顆吃了。」

我感到一陣噁心，胃部翻騰，卻嘔不出東西……就在那一瞬間，我的腦袋產生轟鳴。我全明白了。

「妳、妳……不會是妳殺了那失蹤的男學生吧？」坐在椅子上的我，不斷往後挪動，雙眼緊緊盯著眼前的女人。

「你說呢？」麗雯臉上仍舊掛著微笑，詭異的微笑……

這時磨刀的霍霍聲再度響起，我側耳傾聽，有門被打開的聲音。

不遠處，兩道人影閃出，欣琪和筱婷走出來，帶著詭異的神情，手上閃著白光。

那是……切肉刀……

她、她們一直都在這哩！

我的心臟幾乎要從喉嚨裡跳出來！

沒錯……殺死一個人，烹煮一個人，不可能不被室友發現；這麼說來，她們全部都是兇手。

食人魔！怎、怎麼會這樣！

「剛剛不讓你開冰箱是因為，」麗雯繼續說著，她仍然在笑，「冰箱裡頭放著肢解的人體……是那一名可憐犧牲者的身體……你是我交往最久的男人，我已經等不住要……」

我似乎可以看見唾液從她的唇角流下，其他兩人也露出垂涎的神色，肆無忌憚地看著我的身體。她們彷彿變成三名陌生人。我從來都沒見過的陌生人。

外頭的狂風暴雨升至最高點，耳朵受著刺激。今天放學後發生的事件，一幕幕影像閃過我腦際。

我回想起剛才的吻。那吻是真實的嗎？荒謬感灌注我的全身，淹沒我的心神。

眼前突然一片昏黑，那三人的影像模糊地黏著在陡然降下的黑幕上。

□

「醒了！他醒了！」

嘈雜的人聲灌滿我耳際，光線滲入眼中，我緩慢睜開雙眼，一時之間無法將視線定焦。

我躺在麗雯公寓的客廳長椅上，身邊圍繞了一群人，每個人都用斗大的眼睛望著我。

麗雯就坐在我身邊，她露出鬆了一口氣的笑容，推了我一把，「你還真禁不起嚇耶！我知道你膽小但沒料到你會昏倒。我還真怕出了人命。」

「這、這是怎麼回事？」我還驚魂甫定，半坐起身，下意識地閃避著麗雯的碰觸。

欣琪和筱婷站在麗雯身旁，她們也露出如釋重負的神情，刀子已經不在手上；至於其他的男男女女我完全不認識，只注意到其中幾人手上拿著攝影器材。

「妳、妳們不是要殺我嗎？」我結結巴巴地說，眼神來來回回看著他們。

「誰要殺你啊？」麗雯用手掩著嘴笑道，然後指著她旁邊一位蓄著鬍子、戴著棒球帽的男子，「我來跟你介紹這位江導演跟他的夥伴，他是傳播研究所的學長。」

「你好，」江導演用手碰了碰帽簷，對我致意。

「麗雯，解釋一下，這到底是……」我仍舊無所適從，只能望著她。

「你反應真遲鈍耶！好啦！就告訴你實情吧，簡單講，其實今晚我們都在拍電影。」

「什麼？」我懷疑自己是不是聽錯了。

「江導演想要參加一個短片徵選，影片主題是『初吻』，因為我曾演過許多部校園短片的女主角，評價都很好，所以他就找上我囉。」

「可是，為什麼我會……」

「你真的很呆耶！這部片涉及吻戲，我怎麼可能跟別人拍吻戲呢？當然是跟你啊！」

「啊……」

「但問題是，這部片是要去比賽的，演員的演技會是評分重點之一，而你的演技，當然是慘不忍睹。我跟導演討論了很久，想到一個辦法克服這點，那就是讓你自然而然地演出！」

「原來——」

「也就是說，讓你不知道自己在演電影，所以劇組人員勢必得進行偷拍。今天的一切都是策畫好的，包括老師說的那名失蹤男學生，也是我們特別拜託老師在課堂上捏造的謊言，為的是要讓你融入情境。」

「難怪，老師說那件事時像在唸課文，原來她在背台詞。」

「我知道你膽子不大，很容易受暗示影響，連下雨的日子都是我們挑的，結果真的有效果吧？」

「太、太有效果了，我彷彿從一開始就戴上不管看見什麼都覺得陰森恐怖的眼鏡……」

「你就是太會聯想啦……接下來我們到達這裡時，早有一名攝影師在這裡待命了，他一直跟在我們後面偷拍，直到我們進了公寓房間。」

「所以我才會一直覺得有人在背後走動……」

「看來你也沒想像中那麼遲鈍？進到房間之後，就換另一名攝影師接手啦！」

「可是他躲在哪裡？」

「就電視機前那疊紙箱啊！」麗雯指著身旁的紙箱堆，「那些紙箱的底層都被挖掉了，為的是可以藏入一個人以及攝影機跟腳架。」

難怪當我問到那堆紙箱時，話題馬上被麗雯拉開！

「那隻黑貓是欣琪養的，最近在發情所以比較兇，會攻擊你應該是偶然；至於牠嘴角的血，其實只不過是塗了番茄汁罷了。還有那碟人臉大餐，是麵粉做的，裡頭包了一些貓愛吃的飼料……你吃下的那顆真的是軟糖，不是眼睛，不然你早就吐出來了……還有什麼不了解的嗎？」

「……為什麼這劇本要寫得如此驚悚？」

「這是導演的點子，因為一般初戀題材的電影鐵定都是愛情小品，想贏比賽就要與眾不同呀。誰想得到，你竟然這樣就被嚇昏了。我們都捏了一把冷汗！」

「對、對不起，」我低著頭，尷尬得不知道該說什麼。現場突然一陣沉默。

「ＯＫ，拍完了，」不曉得從哪裡傳來一個男人的聲音，接著，我看見一旁的紙箱堆後出現一名拿著攝影機的男人！

「不是早就拍完了嗎？」我叫道，以為藏在紙箱中的攝影師已經站在我身邊了！

麗雯又笑了，「我好像沒告訴你，這是一部驚悚喜劇片，講的是一個男人被騙的故事，他以為女朋友是殺人魔，結果原來最後是在拍電影，還被奪走初吻。也就是說，電影是拍到剛剛才結束喔。」

「麗雯，這會不會太過分了，我好像個白痴……」因為覺得自己被戲弄，我從椅子上站起來抗議。

「唉唷，別生氣嘛，你連今天是我的生日都忘了，讓我任性一次難道不行？」她嘟著嘴。

「啊，我……」

完全沒有立場辯駁的我，瞬間呆了；看著她嘟著嘴、可憐楚楚的模樣，我知道自己的愚蠢以及遲鈍已經到達了極限。

不真實感又湧了上來，到底……到底為什麼麗雯會跟我這麼膽小沒用的人在一起啊？我要不是全天下最幸運的人，不然就是……

「其他人已經先過去餐廳那邊了，」江導演放下手機，對麗雯說，「大夥兒也過去會合吧，算是慶功宴。」

麗雯拍手笑道：「太好了，一切都很順利。」

就在所有人朝門口移動時，我突然注意到江導演的手機吊飾。

那是……藍色的金屬庫柏力克熊。

他、他怎麼會有跟麗雯一樣款式的手機吊飾？

我突然發現這件事驗證了我腦中恐怖的想法。

也許……麗雯不過是為了拍這部片才跟我在一起，很快就會把我甩掉；她早就跟江導演搭上了，也許他們早就在一起，也許即將在一起，拍電影才是她的目的，我只是工具……

但是，這種手機吊飾很平常，會不會是我想太多了？

「走啊！還發什麼呆？」麗雯在門口回過頭來呼喚我。

她的笑容深不可測。

欣琪的黑貓蹲踞在麗雯的腳邊，銳利的綠眼注視著我，彷彿要將我看穿。

THE END

【解說】翻轉結局的「驚喜」：〈死吻〉與本土性的實踐

洪敘銘

在二〇〇〇年後的這一個推理世代中，林斯諺是較早意識到在台灣創作推理小說，必然牽涉到所謂本土精神或意識之回應的推理創作者；值得注意的是，在陳嘉振《布袋戲殺人事件》出版，「本土推理」的體裁乍看橫空出世之時，這些與「台灣」相關質素緊密扣連的本土元素，不僅只是表現了我們所身處的地域環境，更多帶有批判或反省的意味。

這確實是站在二〇一七年的今日，嘗試回顧以二〇〇〇年為界的「新／舊」推理世代書寫的一個重要的線索：推理情節中所附加的本土元素（不論是否對案件推展有具體影響），它的意義，究竟是作為一種警示，告誡世人那個最壞的時代雖已過去，但卻殷鑑不遠；或者，本土性的出現作用，是某種基於現實生活延展出的「近未來預言」？

我們雖不難在各個書寫年代的台灣推理創作中，找到一些相應的例子，但在另一方面，當「新本土」越來越被賦予了某種「本格式」與「社會式」書寫的折衷或調和，並成為現今台灣推理小說的重要發展主軸時，這種對於「本土性」的檢視甚或再定義，也就成為台灣推理作家與評論者需要共同面對、嘗試推理與解謎的問題。

林斯諺的創作多受到他長年所受的哲學訓練所影響，而他豐富的產量，也提供了「台灣推理小說的本土實踐」的討論或研究基礎；綜觀他的寫作歷程，不難發現林斯諺寫作中幾個不曾迴避的重點：戀愛心理的日常探索、虛實的謎詭經營、人性的邏輯辯證及驚喜的翻轉。有趣的是，他所出版的長篇或中、短篇集結作品，往往並非按照創作時間順序，且多會經過大幅度的改寫，這對讀者而言，雖不啻是一種閱讀的驚喜，但或許對於林斯諺來說，推理敘事中本土書寫面向的轉移，也能隨產生另一種承先啟後的延續性。

〈死吻〉的敘事軸線，頗有林斯諺較早期的創作風格，以青春校園的人際關係與情感流動為主題，實際碰觸了「愛情」這個處於求學時期的人們時常逢受的日常之謎；整篇小說從無故在名為「華夏爵邸」的陰森公寓裡的失蹤謎團開場，就讀歷史系的主角平凡內向、老實羞澀，受到可愛嬌羞又活潑開朗的麗雯吸引，一步步走進謎霧的中心：「荒涼的環境」、「陰沉的大樓」、「陰暗的樓梯間」、「突然跳躍的黑色物體」、「身後輕柔的聲響」，這些層層疊加的詭異感，最終在麗雯與她的室友們露出猙獰兇殘的真面目，在狂風暴雨的深夜裡戛然而止。

這些對於特殊建築物的設定，大抵上沿著「暴風雨山莊」式的書寫方向，通往充滿「廢棄空屋」、「空地」、「樹林雜草」、「垃圾」的「市郊」，由外部空間的髒亂與偏僻，向內營造建築物內部空間的「陰暗」、「壓迫感」、「詭異感」、「幻覺」，在同屬於早期創作的中篇〈影子的戀情〉，以及較晚的長篇《假面殺機》、《淚水狂魔》、《無名之女》等作中，均可見相當類近的手法；但不同的是，〈死吻〉及〈影子的戀情〉，或多或少都反映出當時大學生面臨的惡劣住宿條件、漠視居住安全基本需求的房東等，帶著對創作當下的社會現狀的同情甚至關懷的書寫傾向；然而在較晚的作品中，這些不論建築物內外的塑造，意圖更進一步地通過虛實地理空間的交錯，延展創作時間與敘事時間的錯動層次，邁向某種對近未來空間地理的想像。

此外，〈死吻〉中展現出的逆轉驚喜，除了是整個故事情節，從有屍體的「有血」推理，跳躍到無犯罪的「無血」推理外，從凶殺案現場轉夕成為《初吻》攝影現場，再如剪接一般進入所謂拍攝的「拍攝」過程，不僅頗有向一九九〇年代余心樂〈情人節的推理〉致敬的意味，在林斯諺較晚的長篇著作，如《馬雅任務》、《無名之女》中，也都可以一再地看見「翻了又翻」的真相與解答；但更值得注意的是，在看似相近的翻轉結局的模式中，林斯諺究竟想要「搖晃」出哪些人性或心理的探索，卻也產生了不同。

〈死吻〉最終的結局，其貌不揚的男主角留下了深沉的猜疑——這整場精心籌畫的謀殺「劇」碼，會不會也是為了掩飾對愛情的利用、背叛而搬演的另一齣戲？「我只是工具」的自我呢喃，反向地指出了主角在愛情關係中的自卑、被動甚或單戀，而這場遲來的「真相」，事實上開啟了另一個日常性的謎題；但在較晚的推理作品中，可以明顯地發現，翻轉結局所意圖探討的人際關係與狀態，雖然仍然執著於人與人之間單向、雙向乃至於多向的心理辯證，但卻能更深入到性、愛／身體、心靈的本質層面，彷若書中的主角及其思維，也隨著作者一同在時間中成長。

總的來說，〈死吻〉作為林斯諺早期創作的推理短篇，雖經由重新修潤改寫，以新的面貌問世，卻已然可以發現他的書寫特徵，不失為理解其後續作品的途徑之一；而更重要的是，從青澀的校園愛情故事展開解謎探索，發掘生活環境周遭的現實景況，藉以探知那個時間斷面的社會樣貌；這一層次的社會性書寫，在時今以回顧的觀點，重新閱覽林斯諺創作歷程時所能獲得的另一種收穫；換個角度來說，二〇一六年林斯諺在《無臉之城》的序中，特別提到「讓故事嵌合在台灣的時空之中」，並可能造成「名符其實的『台灣』推理小說」的在地化意義，竟重回「我們期待他（林崇漢）從『八〇年代的台灣』這樣的時空中發揮他的長才……」這段瀰漫在一九八〇－九〇年代推理文壇的「本土」意識的探索與期待，也就更加出現了連結的可能。

【作者簡介】

洪敘銘

台灣推理作家協會成員，國立東華大學中文系博士生，研究方向以台灣推理小說中的地方想像、在地實踐與本土探索為主。著有《從在地到台灣：本格復興前台灣推理小說的地方想像與建構》，推理專論與評論散見各期刊、文學雜誌與電子專欄。

雙面謎情
Love Has a Double Face

這篇小說與〈看不見的密室〉一樣都是英文寫作課的作業，翻譯成中文再經過修改後發表於二〇一〇年《推理世界》A版十月號，此處收錄的是改訂版（本作大概是這本短篇集中改訂部分最少的）。

從創作〈看不見的密室〉開始，我便計畫要撰寫二十篇篇幅在一萬字以內的短篇懸疑小說，然後集結成冊；〈眼中的殺意〉、〈死吻〉還有本篇都是當時計畫中的作品。這個創作計畫後來沒有完成，止於〈雙面謎情〉，但我對於短篇懸疑小說的喜好還有創作並未中斷，只能說當時的計畫太過於理想（或者太過高估自己），事實上難以在短時間內連續產出二十個點子。

本作也是一篇無涉犯罪的推理作品，我始終堅信推理小說沒有犯罪也能好看，希望讀者都能感受到。

「咦，這不是小希嗎？」

俊旻對著站在ＶＣＤ展示架前的男人叫道。

那名男子個頭不高，大概一百六十公分出頭，烏亮略長的頭髮自然垂下，沒有特別分線，他穿著黑色外套與深色長褲，有著一張俊美的臉龐；從側面某一個角度看過去，還頗有維納斯雕像的美感。

「你是……」

男子聽見俊旻的叫喊，轉過身來，皺著眉打量。

「你是黃安希沒錯吧？我是張俊旻啊，你大學同學，」俊旻有點按捺不住興奮，用快活的語調說。

「大學……幾年前的事了啊，等等，你說張俊旻……」對方突然露出恍然大悟的表情，「原來是俊旻啊！你變好多，我都認不出來了，真是失敬啊！」

「我可沒有去整形啊，倒是你，感覺好像沒變太多呢。」

「呵呵，是嗎，別那麼有把握，」安希微笑道。

俊旻印象中的安希，是很文靜優雅的一名紳士，他有一種不會過於招搖的時尚魅力，善於打扮，風度翩翩，尤其是俊俏的臉孔不知羨煞了多少人，甚至連女孩子都嫉妒他清秀、白皙的面容。安希收過無數的告白信，來自男性的信件佔了一大半，據說他為此頗為苦惱。

誰說上帝是公平的？至少在長相上，有些人貌美，有些人平凡，俊旻不否認從前也曾一度對安希懷有敵意，不過那已經是八九年前的不成熟心態，況且他也沒讓安希知道這件事。

「還真巧，真的是好久不見了呢，你怎麼會在這裡？」安希帶著優雅的笑容問道。

「難得禮拜天啊，出來晃晃走走，你呢？」

「我？也沒什麼，在等人。」

「等誰？」

安希露出了一個不好意思的微笑，「在等女朋友。」

「原來如此，」俊旻苦笑，「看來你身邊還是不缺紅粉知己，哪像我，只談過一次戀愛，而且還是破碎的戀情。」

「別這樣嘛……對了，你趕時間嗎？」

「沒有，今天是打算放鬆的，怎麼了嗎？」

「一起吃頓飯如何？」

「你不是在等你女友嗎？」

「嗯，本來是跟她一起約吃午飯的，不過她打電話來說臨時有事，會晚一個小時到，我才會在唱片行流連。」

「真的可以嗎？萬一她突然出現怎麼辦，這是屬於你們的時間耶。」

「她說晚一個小時，那應該兩個小時後才會到，所以你不用擔心。很久沒見面了，聊個天啊。」

「也好，那去哪裡吃？」

「前面有一家義大利餐館，口味還不錯，如何？」

「OK，帶路吧。」

兩人一起走出唱片行，過了一小段路，安希轉進一條巷弄，不遠處的右手邊出現一間裝潢典雅的餐館，他推開門，示意俊旻進入。

禮拜天人雖多，角落卻也還有幾處空位；兩人落了座，侍者立刻趨前，拿著單子與筆準備接受客人的點餐。

「一個辣味雞丁義大利麵，」安希連菜單都沒看，就直接說道。

「唔，」俊旻盯著菜單瞧了許久，最後才說：「那我一個白酒蛤蠣。」

侍者離去後，安希問：「最近還好嗎？」

「該怎麼說，經過社會的洗禮後，學生時代的意氣風發早就離我而去了。我現在啊，是失業中呢。」

「真抱歉，」笑容從安希的臉上消失，取而代之的是一派嚴肅。

「不，這沒什麼，反正最近有新的工作目標，打算去應徵大樓的警衛，應該沒什麼問題……我的故事沒什麼好聽的，」俊旻苦笑起來，「倒是你，說說你畢業後的故事，我想你應該過得不錯吧。」

「為什麼你總是把我想得這麼美好呢？」安希臉上的嚴肅散去，重新組合成無可奈何的神情，「你看人有刻版印象。」

「沒的事，我說的難道不是事實？至少你現在的工作應該不錯吧。」

「這……也還好，不過就是在私人公司上班罷了。」

「比我這無業遊民好多啦！」俊旻自嘲道。

也許是聊開了，談話氣氛熱絡起來，他們開始天南地北，用言語去拼湊八年不見的空白。不久後餐點上桌，兩人邊吃邊聊，俊旻發覺就連從前也沒跟安希聊得這麼愉快過。看來久別，有時候真的會拉近人與人之間的距離。

「義大利麵，」某個話題剛結束後，安希說，「讓我想起一件往事。」

「什麼往事？」

「你剛剛說到我總是一帆風順，」安希拿了紙巾擦擦嘴，說，「其實並沒有。還記得畢業前夕那名跟我在一起的女孩嗎？」

「我想想……是那個中文系系花嗎？好像叫做小雅。」

「嗯，就是她。事實上，畢業後不到一個月的時間，我們就分手了。」

俊旻瞪大雙眼，握著叉子的右手瞬間僵住，「怎麼可能？那時大家還以為你們會結婚呢！」

「呵，愛情就是這麼不可靠，你自己應該也很清楚吧。總之，我們就是分手了，我那時打擊很大。我不敢說自己的愛情有多崇高，不過當時的確是真心誠意喜歡她，甚至有了結婚的打算。」

「你這麼愛她，為什麼還會分手？」

「小雅是熱舞社的，畢業前夕她去參加別校的舞展，跟那學校的熱舞社社長一起跳了支舞，就這樣，她的心就被擄走了。她跟那男的暗通款曲，畢業後我跟小雅遠距離，她便提出分手的請求。」

「真慘。」
「分手時她對我說了一句話，刺傷了我。」
「說什麼？」
「說我不像男人，所以想跟我分開。」
「這……」俊旻調整坐姿，用手撐著下巴，「應該不能這樣說吧，你只不過長得秀美了點，你仍是貨真價實的男人啊。」
「客觀事實常常敵不過主觀意識。反正這件事對我而言，是一大打擊，」安希嘆了口氣，「我花了很長的時間，才算走出這傷痛。」
「原來你也有這樣慘痛的遭遇，」俊旻覺得有點不可置信。
「是啊。總之，當完兵後，我開始準備國家考試，不過還沒考我就知道會是挫敗的結果。果不其然，分數奇差無比，之後看開了開始找工作，但沒有一樣做久的。」
「正常，這我能體會。」
「後來，我去電影院面試，補缺上了，就是在放映廳入口檢查電影票的驗票人員，然後還要做打掃、清潔等雜務，薪水雖不多，但也認了。」
「其實應該還不錯吧。」
「其實還不錯。因為當時畢竟是在鄉村型的小都市工作，消費人口不多，除了假日，大半時間都沒什麼顧客，就呆呆地守在座位上，還滿輕鬆的。」
「應該可以進去偷看電影吧？」

安希做了個「無稽之談」的手勢，「這是想太多，我們就連同事之間都沒太多時間交談呢，而且在電影院偷偷摸摸，其實放映師都知道，沒有外人想得那麼好，還可以順便看電影。」

「原來如此啊，」俊旻失望地搔搔頭。

「說起來，那段時間也是我心情特別低落的時刻，我記得那一年冬天特別冷，在工作接連失利的情況下，情緒盪到谷底，而不知怎地，腦袋中一直想起小雅的事，覺得自己真的很失敗，怎麼會如此沒有成就。」

安希此刻的臉龐五味雜陳，也許是回想起以前的往事，他的語調充滿感慨。

「心情低落歸低落，我也明白，自己還是要好好振作，因此在開始去電影院應徵之前，我就已經試著努力調適心情，希望自己能夠以新的心情、新的自己去面對新的生活。」

俊旻點點頭，「人生中遇到挫折時，如果能振作起來，會想要重新調整心態，希望以新的面貌展開生活……應該是這種感覺吧。」

「是的，我決定做一個全新的自己，希望可以擺脫過去那種墮落的心情。再加上我十分喜愛看電影，所以對這份工作還算有滿大的熱情與期望。雖然我也知道，驗票工作不可能有趣到哪裡。」

「只要喜歡那個環境就不會感覺無聊了吧。」

「的確。總之，上班第一天，從起床的那一刻我就試著讓自己跟過去不一樣，彷彿過去的自己已經死去似的，以新的面貌展開生活。」

「結果呢？」

「也許是因為意志力堅決吧，一開始的感覺還不錯。在電影院的那種氣氛，就像由許多想像、冒險堆砌而成的氛圍，讓人不自覺地興奮。看著觀眾滿懷欣喜地進入電影院，然後觀察散場時每個人臉上的表情，十分有趣。」

「表情應該都不一樣吧？」

「當然，如果覺得電影好看，觀眾臉上會有讚嘆，但同時，卻也有人罵著髒話說電影難看。最有趣的莫過於對於同一部電影，散場觀眾臉上卻有兩種不同的評價。」

「這就是主觀意識。」

「是啊，」安希已經解決他的義大利麵，他往後靠著椅背，兩手交握在腹上，以安適的口吻繼續，「因為觀影人數不多，電影院做了人事裁減，兩個放映廳僱用一名驗票人員。在我去工作的幾年前，是一名驗票人員顧守一廳。沒辦法，近年來戲院愈來愈難經營了。」

「一個人要守兩廳？」俊旻皺著眉問道，「那不是要跑來跑去嗎？」

「不必，放映廳的配置是兩廳並排在一起，所以處理六廳的驗票只要三個人就夠了。」

「可是萬一並排在一起的兩廳都有人要進場，一個人怎麼忙得過來啊？」

「這種情況不會發生，因為不會有進場時間相同的兩部電影，就算是兩廳都播放同一部電影，時間也會錯開。下次你仔細觀察電影播放時間就會了解了。」

「嗯，接著呢？」俊旻尚不太明白安希要說的「往事」跟義大利麵有何關聯。

「電影院位於整棟建築大樓的第三層，走道是L形，也就是由一條直向走廊與一條橫向走廊構成。第一、二廳位於直向走廊的開端右側；第三、四廳位於兩條走廊的交點，偏左側；第五、六廳則在橫向走廊的盡頭。我當時負責一、二廳的驗票工作。」

「原來如此。」

「負責三、四廳的是一個叫宜亞的年輕女孩，有著一雙大眼睛，十分可愛；而負責五六廳的是叫做慶華的男孩，嗓音低沉，有點瘦，話不多。」

「跟他們有變成好朋友嗎？」

「該怎麼說呢，因為工作位置配置的關係，平常沒什麼機會聊天。慶華所在的位置離宜亞比較近，他偶爾會過去找宜亞聊天。有時候我會幫他們跑腿買午餐，但也僅止於此，實際上接觸機會不多，尤其是慶華固守的位置，從我的座位根本看不到他，我也幾乎沒跟他說過話。」

「那麼從你的座位看得到叫宜亞的女孩嗎？」

「可以，」安希調整了坐姿，視線從俊旻身上移轉到桌面，緩緩地說：「我看得到她。開始工作的第一個禮拜，我還沒有什麼感覺，不過漸漸地，我發現自己的視線會常常轉往她的方向，起初只是因為無聊，單純想看看自己的同事在做些什麼事，直到某一次，宜亞從座位上抬起頭來，迎上了我的視線，」安希停下來，看著俊旻。

「說下去，」俊旻興致勃勃地說。

「一般人發現對方已經意識到自己盯著他看時，應該都會不好意思地別開眼神，但那時，我不曉得中了什麼邪，竟然就這樣厚臉皮一直盯著宜亞看，而她也沒有別開視線。我突然發現她那清純的臉蛋、柔順的長髮，散發著無可言喻的可人氛圍，讓我目不轉睛。

「我們四目對看了一陣子，宜亞突然露出一個笑容，一個十分甜美、又帶點嬌羞的笑容。我有點尷尬，但卻不自覺地也回了個不自然的微笑，然後轉開視線，低下頭去。」

「你喜歡上她了，這叫職場戀情嗎？」

「或許吧。那天下班之後，我心情感到一陣浮動，腦中不斷浮現宜亞的笑容，那種心動的感覺已經很久沒有出現了。自從小雅之後，沒有女孩給我過這樣的感覺。」

「化學作用，」俊旻用指尖觸著鼻頭，「你的體內在分泌戀愛激素。」

「我那一夜輾轉難眠，盤算著隔天該怎麼辦，我想我應該在上班時間找個空檔過去跟她聊聊，我想多了解她。」

「你成功了嗎？」

「我付諸行動。第二天，我負責的廳剛進場完畢，我瞄了一眼宜亞那邊，沒有觀眾進場。我便晃過去，跟她打聲招呼，然後聊了起來。

「她是個文靜的女孩子，話不多，但也不至於完全不說話，會適時地回應話題，聊起天來不令我感到費力；尤其是她笑的時候左臉頰會出現一個小酒窩，十分可愛。

「後來因為宜亞還要驗票，我便先走開了。離去時按捺不住心中的興奮。」

「那是一定的。」

「我思索著要邀她去吃頓飯，沒想到就在稍晚，宜亞自動走過來與我聊天。那時我正在發呆，猛然看見她從對邊緩緩走過來，臉上掛著笑容；走路的姿態相當優雅，我呆然看著她朝我走來……」

俊旻不自覺地在腦中模擬著安希所說的畫面。

「她很有禮貌地跟我打了聲招呼，然後聊起天來，延續剛剛未聊完的話題。後來我們聊到了美食，她說市區有一家法式餐館，裡面的餐點相當好吃，我便提議找個時間一起去吃。」

「她答應了嗎？」

「很爽快地答應了，我們約了兩個人都有空的晚上一道去。」

「很順利嘛，」俊旻嘆道，「接下來有什麼發展？」

「約定的日子到了，我們在電影院門口會合，然後一同前往餐館。那天她微施脂粉，穿了粉色系的套裝，更添一股柔和的魅力。我們聊得相當愉快。」

「那天晚上就這樣而已嗎？」

「是啊，吃完就各自回家了。」

「怎麼沒有乘勝追擊？」

「才剛開始，不需要太急，況且時機還沒到。」

「時機？」

「這種事本來就急不得。總之，吃過飯後的第一個上班日，發生了一件讓我震驚的事。」

「什麼事？」

「那天中午，我幫宜亞還有慶華買便當，我先走到三廳將便當交給宜亞，然後再走到慶華那邊。以前他都只會面無表情對我點個頭，而那天我將便當交給他後，他塞了張紙條到我掌心，並低聲說：『回你座位再看。』」

「他寫了什麼？」

「我感到相當疑惑，回到座位後立刻攤開紙條，看到上面的字，我啞然無言……」
「究竟寫了些什麼？」俊旻身子向前傾。
「好吧……上面寫著：我喜歡你。」
「不會吧？」俊旻喊出聲來，隔壁桌的人轉過頭來瞪了他一眼，他急忙坐正身子，壓低聲音說，「這是在跟你告白啊！」
「照字面上看來的確是這樣，不過來得太突然，讓我摸不著頭緒，」安希右手指插入髮叢中，一副莫可奈何的模樣。
「有什麼好摸不著頭緒的？以前不就很多男人跟你告白過？你那同事也不過是其中一個罷了。」
「可是當下還是會覺得很震驚啊。」
「那你怎麼回應他？」
「我沒有回應他，下班之前我也不敢再跟他打照面，時間一到，我就匆匆回家了。」
「那宜亞怎麼辦？」
「我跟她又沒約，我那時只想趕快回家，好好把這件事想一想。」
「好吧，結果呢？」
「那天晚上，我接到一通電話，對方劈頭就說：『我是慶華。』
「我愣了一下才回答：『噢，你好，找我什麼事？』
「他說：『今天的事你覺得怎麼樣？』

「『什麼事？』

「『別裝傻。』

「然後是一陣長長的沉默，我最後終於忍不住了，說：『我、我很抱歉——』

「他馬上打斷我，『不要跟我說我人真的很好，我只問你一個問題，你願不願意跟我在一起？』

「『這——』我實在不知道怎麼回答。

「『願意或不願意？』

「『請不要為難我，我也該有一點時間考慮吧，而且——』

「『我知道你的祕密。』

「我那時整個人呆住了，不知道要說什麼。」

俊旻舉起右手打斷安希的話，語調相當困惑，「等一下，什麼祕密？」

「這個嘛……你繼續聽下去就知道了。慶華說他知道我跟宜亞出去約會，他威脅我，如果我不跟他在一起的話，他就要把我的祕密告訴宜亞。

「我十分驚恐，哀求他不要這麼做，也許是因為太低聲下氣了，對方原本強硬的態度開始趨於軟化，考慮良久之後，他改變威脅，要求我與他一道吃頓飯，否則就要揭發我的祕密。於是我們約了一個晚上一起吃飯。」

「夠了，安希，」俊旻眉頭皺得很深，「別吊我胃口了，到底是什麼祕密？」

「這個……」安希猶豫了半晌，若有所思地望著我，回答：「慶華知道我是男人。」

「你本來就是男人啊！」俊旻覺得自己的耐性已經快到極限了，他拉高音量，「你在說些什麼？什麼叫做他知道你是男人？沒錯啦，你的聲音是有柔了一點，可是搭配外型和你的穿著，不至於會把你當成是女人吧。」

「問題就在這裡，你怎麼知道我當時怎麼穿著打扮？」

「嗄？」

安希笑了，「我在電影院工作那段時間，是以女人的外貌出現的。」

□

「我不是說過要重新開始嗎？」安希的聲音把俊旻從驚愕中喚回，「要改變我的一切重新開始生活，因此我改變了性別，不是實質上改變，而是表面上。我一直記得小雅對我說過的話，她說我不像男人，既然我當不好男人，我也不想再當個男人。我決定當個女人。

「由於我的外貌、聲音原本就有女性化的傾向，只要再將頭髮留長，並做女性化的打扮，絕對可以以假亂真。結果也很順利，工作那段期間，我一直享受著變成一個女人的心境，創造新身分是擺脫掉過去的一個新體驗與方法！

「後來我對宜亞起了情愫，我對她抱著愛情的心態，但我知道她自始至終只是視我為同性的好朋友，沒有什麼愛戀的感覺在裡頭……這是我跟她吃過晚飯之後的判斷。而我也不敢讓自己對她的感情暴露得太明顯，以免洩露了我自己的祕密。但也因為宜亞，我開始考慮要不要丟掉假身分，以男性的身分去追求她。

「後來慶華的紙條讓我更陷入困惑，我一開始認為他是愛上女性的我，沒想到跟他通過電話，才明白我的祕密已經被他識破了，而且竟然要求要跟我交往。從以前到現在有不少男性對我做出這種表示，我得承認這對我是一種困擾。」

「我不能明白，」俊旻插話，「為什麼他能識破你的祕密？你與他那麼少接觸，為什麼宜亞看不出來，他卻行？」

「我那時也不明白，不過後來明白了。你先繼續聽我說，」安希喝了口飲料，「我想既然已經被慶華識破了性別，那與他的飯局我也沒必要再以女性的身分出現。我在約定的日子那天下午去了理髮廳，剪掉了頭髮，在穿著上的打扮也恢復男性化，希望能讓慶華看到我之後，多多少少有美貌破滅的感覺，讓他了解自己只是一時被迷惑，愛上了我的女性形象。

「接著，我前往餐廳，那是一家義式料理店；我在門口沒有見到他，正在困惑時，我的手機響了，是慶華。他說他已經在餐館內，在裡頭靠窗處，要我趕快進去。我立刻進了餐廳，看見角落有一個人在對我招手……」

「然後呢？」俊旻問道。

「我走到桌邊，不敢相信我的眼睛，」安希呼了一口氣，「那個人留著一頭短髮，梳了個俏麗的髮型；臉部經過悉心化妝，泛著紅暈，耳垂掛著小巧精緻的耳環，身上一襲亮眼的紫色花邊套裝……我一時之間認不出這名艷光四射的美女是誰！」

「是誰？」俊旻呆然了。

「她一直對著我微笑，然後開口說：『不認得我了嗎？』聽見那有點低沉的嗓音，我再仔細端詳了她的臉孔，才瞬間明白，她就是慶華！我的同事！」

「難道說……」

「沒錯，慶華是個女人。」

□

「我突然想起不少例子，」俊旻喃喃道，「像男人的女人因為太常被女性告白，對女性的身分產生厭惡，反而喜歡將自己打扮成男性；而太像女人的男人也會有類似的傾向。這正好是你們兩人的寫照吧？」

「可以這麼說吧。慶華認為我到底還是男人，若她以男性的打扮赴約恐怕難以令我心動，因為先前通過電話，覺得我對她沒特別好感。因此還是以女性的形象出現。」

「她有告訴你她是怎麼知道你的祕密的嗎？」

「有，是宜亞告訴她的。」

「宜亞！」俊旻驚呼一聲。

「沒錯，其實吃飯那天宜亞就開始懷疑我的性別了，她趁我去上廁所的空檔，偷看了我皮夾內身分證的性別欄，然後告訴了慶華。」

「她們倆那麼熟？」

「她們是國中同學，說熟或許還沒那麼熟，不過畢竟在同一個地方工作，又都是女生，多多少少會聊一些。只不過都是下班回家用網路聊罷了。」

「宜亞早就有男友了，在不知道我的性別前，她的確把我當成普通同性朋友，知道我的祕密之後，因為有點不安，才會告訴慶華。不過這點祕密反而變成慶華用來『威脅』我的把柄。」

「所以她其實老早就對你頗有好感，而且她用這種威脅手段，看來她真的很喜歡你啊！」安希苦笑，「你不知道很多女人喜歡用脅迫的方式逼男人跟她交往嗎？」

「我沒遇過啊。」

「總之，就是這樣了。」

「那後來呢，你可別不說結局啊，後來你們兩人——」

「小希！抱歉我來晚了！」

一個低沉急促的聲音從我背後響起，安希抬起頭，我也轉過頭去。

那是一名打扮俏麗的女子，穿著黑色長大衣與短靴，手肘上掛了個小提包，她臉泛紅潮，微微喘著；一頭及肩的烏黑長髮框住略為男性化的臉龐。

「嗨，小華，」安希微微笑道，然後拉開了身邊的椅子，「坐吧。」

THE END

【解說】

秀霖

認識斯諺這位老友已有十餘年，因為和斯諺不但年紀相同，就連喜愛的推理作家和推理漫畫恰好也有重疊之處。因為這樣的巧合再加上和斯諺屬於同一世代，在台灣推理作家協會的作家朋友群中，無論是創作理念或是對生活上的種種想法，斯諺對我來說一直都是一位相當具有親切感的好友。

在我們國、高中時期，台灣能看到的國內外推理作品不像現在那麼豐富，當然相較於更早的前輩，市面上已有不少作品可以選擇，不過知道斯諺和我一樣也喜愛推理作家「艾勒里．昆恩」及推理漫畫《金田一少年之事件簿》時，大概就能知道斯諺的創作理念一定相當注重邏輯性與公平性。

一直以來都很喜歡斯諺的推理作品，無論是短篇或長篇小說，也無論是寫實或科幻風格，就如同前段所述，作品除了相當強調邏輯性及公平性外，斯諺特有的優美文筆及哲學背景，更讓作品具有不同於其他台灣推理作家的優異特色。此外斯諺驚人的創作力也讓筆下的哲學家偵探林若平已成為華文推理圈中最具知名度的系列偵探人物。

〈雙面謎情〉這篇作品曾發表於二〇一〇年十月的「推理世界」，雖然並非偵探林若平的系列作，不過卻還是十足展現斯諺創作的另一項長才，便是「無血推理」及「日常生活之謎」。

「無血推理」及「日常生活之謎」看似輕鬆，其實就劇情吸引程度、佈局及轉折來說，卻是一件相當不容易的事。不像「殺人事件」或「連續殺人事件」那般，從故事的一開始便能安排強烈吸引讀者注目的橋段，「無血推理」及「日常生活之謎」要如何持續讓讀者繼續翻閱下去，就相當考驗作者的功力。如果有嘗試創作過「無血推理」及「日常生活之謎」的作者應該更能體會其中難處，這種類型的創作不比一般殺人事件更為容易，但這卻是斯諺相當擅長的一種創作類型。

本篇小說雖然只有七千多字，並採用以兩人對話的方式來敘述案情並逐步解謎。故事中兩名同學畢業後偶然相遇，經由寒暄問暖後，主角開始闡述他工作上與同事的互動及詭異的經歷。雖然通篇屬於「無血推理」及「日常生活之謎」，透過斯諺的精心安排，看似平淡的閒話家常，卻暗藏著細細埋下的轉折點，這也是斯諺這種類型創作的精細巧妙之處。儘管本作篇幅較為短小，卻還是安排了精彩的多重轉折。

個人相當欣賞斯諺的「無血推理」及「日常生活之謎」類型作品，如去年在要有光發表出版的完整修訂版《尼羅河魅影》。因為一般較少閱讀推理類型的讀者朋友，或許對於推理創作存在著「恐怖」、「血腥」或「殺人」的負面印象，不過其實推理創作仍舊還是有「無血推理」及「日常生活之謎」這種風格較為清新的作品，而斯諺更為厲害之處，還能將這類型作品寫得相當溫馨動人。除了這篇〈雙面謎情〉外，斯諺其他的「無血推理」及「日常生活之謎」推理作品也相當值得一讀，在此推薦給有興趣的讀者朋友，千萬不要錯過斯諺的其他精彩作品。

【作者簡介】

秀霖

曾經連續三年以〈淒月〉、〈鬼鈴魂〉、〈第九種結局〉入圍第三、四、五屆「人狼城推理文學獎（台灣推理作家協會徵文獎前身）」決選。現為台灣推理作家協會成員之一。

已出版——中篇小說《謊言》、長篇小說《國球的眼淚》、電影《甜蜜殺機》改編小說、《考場現形記》（獲得台灣文學館文學好書推薦）、玄幻推理《陰陽判官生死簿》、短篇傑作選《桃花源之謎》。

Facebook專頁：秀霖／iTaiwan（愛呆丸）

殘冬
Last Days of Winter

由小知堂出版社創立、從二〇〇三年開始發行的《野葡萄文學誌》是一本綜合性文學雜誌，創刊之初推出「推理野葡萄」專欄，每期推出短篇推理小說，〈殘冬〉刊於第七期。當時前後還有藍霄〈我在大貝湖遇見恐龍〉、凌徹〈白襪〉、冷言〈找頭的屍體〉、哲儀〈詛咒的哨所〉、既晴〈月與人狼〉以及呂仁〈一朝之忿〉……可說是台灣短篇推理小說的盛世。

本作後來在二〇一〇年於《推理世界》A版五月號再次發表，此處收錄的是改訂版。

這部作品在體裁上與橫溝正史的中篇〈古井奇談〉類似，都是由妹妹寫給哥哥的信件構成。〈古井奇談〉也是我相當喜愛的作品，尚未讀過的讀者千萬別錯過。

我個人相當喜歡以書信往返為題材的故事，除了〈愛的交點〉和〈殘冬〉，還創作了〈鋼琴裡的愛情〉以及〈影子的戀情〉（皆收錄於《小熊逃走中》一書）。有別於另三篇的文藝風格，本作走的是驚悚懸疑的路線。期待讀者能感受到不一樣的風格。

寄件者：	Deborah
寄件日期：	2001年10月11日 PM 10:42
收件者：	Quentin
主旨：	我是小晴！

親愛的哥哥：

你過得好嗎？呵呵，我的電腦已經弄好囉，今後，會不定期寫信給你，向你報告我大學的近況，嗯，當新鮮人的感覺相當不錯呢！

九月中開學，現在才有電腦，因為自己在外面租房子住，對電腦又不了解，也懶得上電腦店挑選，後來發現沒電腦不行，打報告時很麻煩！在一位好朋友幫忙下才買了一台筆記型電腦，這樣也好，我就可以每天逛我喜歡的網站了。

大學生活跟我想像中的不太一樣，不過沒有差很多，剛開學有好多迎新活動，我都有參加，也玩得相當愉快，至於社團呢，我參加了推理小說研究社呢！唉，這也沒辦法，誰叫你那麼愛看推理小說，害我這個妹妹不愛看也不行。

我之所以在外面租房子住，你也知道，是因為我不喜歡跟別人一起住宿舍，喜歡有自己的隱私，還有啊，跟別人住太吵，生活習慣不同的話就麻煩啦><

你在紐約過得怎樣啊？出國留學時爸媽哭得唏哩嘩啦的，有有趣的事要告訴我喔！我以後也想出國留學^^

嗯，那就先聊到這裡囉，明天還有一份報告要交，我必須要去趕了，祝你一切安好唷！

小晴

寄件者：	Deborah
寄件日期：	2001年10月17日 PM 10:54
收件者：	Quentin
主旨：	近況

親愛的哥哥：

我們英美文學選讀的課好重！老師選的文章又好難，英文底子不好的我讀來真是吃力，老師上課又喜歡點人問，我每次都預習得好辛苦…

算了，不提課業，聊聊社團吧，推理小說研究社的集社還滿有趣的，社長很用心經營，是個男的，名字叫林致嘉，看起來斯斯文文，聽說他還在雜誌上發表了好幾篇推理小說呢！真的是好厲害，現在不過也才十八、九歲，就能寫推理小說，反觀我啊，雖然喜歡看，叫我寫可是不行><

他第一次集社就很有自信的說，一定要讓推理小說在學校『生根茁壯』，你沒看到他表情真可惜，那可愛的認真叫人發噱！

社長安排的行事曆也滿有趣的，有影片欣賞、讀書會、定期聚餐等等，還有他還提了個方案，要大家創作推理小說，在期末繳交！我的天啊，他以為大家都像他一樣，隨便想就有小說可以寫啊！我想聽到這個提案你應該會很羨慕我吧？因為你自己也喜歡寫推理小說，但是你那間大學卻沒有推理小說研究社…

社員合計共有二十人，還不少，女生竟然比男生多！真是出乎我意料之外，我還以為讀推理小說的都是男生呢！參加社團有個好處，就是可以認識很多新朋友，我現在已經認識不少朋友了，因為我還參加了書法社，認識的人更多，不過其實我對書法沒什麼特別的興趣啦，是有朋友邀約一起去，才陪她去的，不過寫一寫毛筆字倒也是滿好玩的。

哎呀，玩歸玩，想到我的英文就暈頭轉向，今晚還得預習一篇原文短篇小說，明明每個單字都查過字典了，我還是看不懂它在寫什麼！看來今天又要熬夜了><

你課業會不會很重啊，你要早點睡喔，才不會長痘痘(你的痘痘已經夠多了^^)。

小晴

寄件者：	Deborah
寄件日期：	2001年10月23日 PM 11:30
收件者：	Quentin
主旨：	新朋友

親愛的哥哥：

今天推理研究社集會討論橫溝正史的中篇小說〈古井奇譚〉，真的是又恐怖又好看！我發現裡頭內容也是以妹妹寫給哥哥的信件來呈現，故事很詭異，我看得毛骨悚然！這篇不知道你有沒有看過？我記得你都看西洋推理，不過橫溝的作品你應該是有看過吧！

今晚集社完社長跟另一個男的找我去吃晚餐，我剛好還沒吃，便欣然的答應，想說剛好也可以趁機跟林致嘉學長聊聊，這時另一個女的也說要一起去，我們就到學校附近店家吃。

那女的名叫余詠婕，長得很漂亮，身高跟我差不多，留一頭短髮，打扮很俏麗，一開始會覺得她有點不好接近，不過熟了後還滿健談的，她喜歡的推理小說作家是日本的夏樹靜子。

邊吃邊聊，結果變成那兩個男生自己聊，我跟余詠婕聊，跟她還滿有話聊的，她也是自己租房子在外面住，她是心理系的學生，雖然之前集社都有看過，但都沒深談，這次聊了一些關於為什麼來讀這個學校、為何選擇這個科系之類的話題，沒深談，但也聊了不少，總之，她還不錯，會讓我覺得，下次想繼續找她聊。

我在班上也有很好的朋友，也許余詠婕會成為這些好朋友之一。

小晴

寄件者：	Deborah
寄件日期：	2001年11月1日 PM 11:57
收件者：	Quentin
主旨：	冷冰冰——><

親愛的哥哥：

最近氣溫驟降，冷死我了！趕忙去買了圍巾與手套，騎車時才不會凍僵！你那邊會下雪嗎？我好想堆雪人喔，都沒看過雪，連合歡山都沒去過！真是遺憾啊！

你吃了好吃的漢堡嗎？我也好想吃喔！之前在電視上看美食節目有介紹，美國的漢堡好像很好吃耶！我之後要去玩，你一定要帶我去吃喔^^

今天晚上到詠婕家玩，這是我第一次去她家耶！她住的地方離我那裡不遠，走路大概十分鐘就到了，都是位在同一塊住宅區，我們這邊還算安靜。

她住二樓，二樓有三間房，她住最大間的那間雙人房，她說雖然只有一個人住，但大間一點住起來比較舒服，這絕對沒錯，我在我那邊也是租雙人房，小小的單人房，住了實在會悶爆…

她那白色的門上還裝有門簾，很雅致，開門進去後，我真的小小吃了一驚，房間整理得好乾淨，跟我那亂成一團的房間差很多…

書架上成排的書井然有序的排放著，各類雜物也都在置物架上分門別類的找到自己的位置，床鋪整潔乾淨，窗櫺上還有小盆栽，美麗極了！

我們先一起吃東西，聊聊天，我發現她不只愛看本格推理小說，還喜歡讀那些女法醫探案，還有一些FBI重案實錄或李昌鈺探案的那些實際刑案實錄，對我來說，那些東西太血腥、無美感了，我還是喜歡虛構小說的浪漫。

我也發現，她非常用功呢！不只課內書滿頁都是眉批、重點，還自己買心理學書籍來閱讀、充實，書架上甚至還有『犯罪心理學』這種書，她真是很妙的一個人！

聊完天，我們用她的大頭電腦上網亂晃，我介紹我常去的網站，她也介紹她常去的網站，有點噁心的是，詠婕給我看了一個收集屍體照片的網站，裡頭有各種兇案現場的照片，我連看都沒看就叫她關掉，實在太噁了！唉，小說看不夠，還看照片，真是有點受不了她，我發現詠婕有種追根究底到走火入魔的研究精神，這或許也沒什麼不好啦^^

接著我就向她道別，騎著機車回去了…

還滿愉快的，搞不好下次你回國我可以介紹她給你認識，一起聊聊推理小說(這樣你女朋友會不會吃醋啊？)！

好啦，眼皮已沉重的垂下，該睡了，就先這樣囉！

小晴

寄件者：	Deborah
寄件日期：	2001年11月7日 PM 11:17
收件者：	Quentin
主旨：	聯誼

親愛的哥哥：

聽起來你功課好重呀，而且還要打工，你要顧好自己的身體喔，不要太勉強^^

不知道我有沒有跟你提過，我們上星期跟中文系抽學伴卡耶！我抽到一個男的，名字叫張展融，跟他在BBS上聊天後，有跟他去吃一頓飯，是一個還滿健談的男生，很會找話題聊，他還跟我約好下一次再去吃飯，感覺挺好玩的，我就答應囉！

聽說詠婕她們班也有跟物理系抽學伴，下次集社再來問問她好了，看他學伴長什麼樣子。

我的期中考…嗚！不想提了！快去讀書了><

小晴

寄件者：	Deborah
寄件日期：	2001年11月15日 PM 11:20
收件者：	Quentin
主旨：	^^
附加檔案：	小說報告(23.0KB)

親愛的哥哥：

昨天跟學伴張展融又去吃了一頓晚餐，他這人很風趣，吃完又約我去看電影，我說我要打報告，婉拒了，他好像很沮喪，還問我什麼時候有空…嘿嘿，他好像…

我問詠婕關於抽學伴的事，她說她學伴也是個男的，名叫范宇政，長得白白淨淨的，她說『很帥』，從詠婕的談話中可以感覺出她對他有好感，我跟她建議如果喜歡的話可以多觀察，找他出來吃個一次飯、聊聊天，再做進一步打算，我建議我們兩個女生一起找他出來吃飯，我也可以一邊觀察，再給詠婕意見，她說會在BBS上找時間約他。

還有啊，我有收到你寄給我的書了啦，謝謝！你因為怕我英文閱讀能力不好還特地上網替我訂原文小說，還寄到學校來，不過，怎麼又是推理小說啊！而且還厚厚一本，更可惡的是，還騙我說裡面單字很簡單，結果我第一頁就讀了快一個小時！！

說到推理小說，林致嘉學長借我不少推理小說，包括他自己寫的，寫得真的不錯！沒想到他看起來憨憨的，頭腦卻這麼好！他這人很可愛，跟我講話還會緊張，結結巴巴，嘴唇還會不自然的扭動，跟他在台上時完全不一樣，看到他那副模樣我就愈想逗他！

附加檔案是我的英美小說選讀報告，快幫我潤飾啦！不然我會被當！回國後再請你看電影^^

小晴

寄件者：	Deborah
寄件日期：	2001年11月18日 AM 00:30
收件者：	Quentin
主旨：	詠婕的學伴

親愛的哥哥：

今晚，噢，不，應該是昨晚(現在已經凌晨了)我跟詠婕與她的學伴一起吃飯，就是那個叫范宇政的男生！

我們約在一家牛排館，是市區有名的餐館，氣氛很好，裡面有點昏暗，是情侶去的好場所，不知道第一次就去那種地方會不會怪怪的？

我們約在那裡會合，我騎車載詠婕過去，遠遠就看見一個高高的男生在門口等，後來下車近看，果然長得很帥…

他頭髮旁分，穿得很體面，身高大概一百七十幾，沒戴眼鏡，一看見我們就很有禮貌的打招呼，給我第一印象還不錯。

後來進餐廳後，聊了不少，他說他讀物理系非出於自願，是因為前面的志願都填不到，所以現在讀得有點鬱鬱寡歡，他現在沒女朋友，問起感情的事情，他只覺得現在很寂寞，想找個人陪，至於有沒有特別喜歡哪類女孩？沒有，感覺對就行了…

他的嗜好是攝影，高中就開始玩攝影了，還問我們兩個要不要當他的模特兒，詠婕開玩笑的問他該不會是要拍裸照吧？他竟認真的回答要拍裸照也可以，因為他幫以前的女朋友拍過…聽到這裡我們兩個都有點傻掉，不知道要接什麼話，我趕忙岔開話題，問他喜不喜歡讀推理小說，結果他沒興趣，不過還是很有禮貌的接續我的話題。

用完餐又聊了一會兒，我們便在餐館前分手，我問詠婕對他印象如何，她說還不錯，不排斥多了解他，又問我的意見，我回答你自己覺得好就行，至少，范宇政目前給我的印象還不算太差。

對啦，你好像都沒有很詳細的跟我提過你是怎麼跟你女朋友認識的，跟我說啦！你們好像是在圖書館認識的？剛好兩個人都要借同一本推理小說所以才認識的？是這樣嗎？告訴我啦！

小晴

寄件者：	Deborah
寄件日期：	2001年11月25日 PM 11:49
收件者：	Quentin
主旨：	在一起?!

親愛的哥哥：

詠婕好像真的有在跟范宇政來往！今晚我到市區百貨公司買東西時，發現他們兩個人走在一起，不過沒牽手，他們沒發現我，我很識趣的閃開。

想打電話給詠婕問清楚，不過…有點不知如何啟齒，算了，明天再問好了。

我實在累了，明天又是一個禮拜的開始，想先睡覺，先這樣囉！

PS.　你們班的同學真的都是怪咖耶！有趣^^

PS.2 謝謝你幫我潤飾報告^^

小晴

寄件者：	Deborah
寄件日期：	2001年12月5日 PM 11:01
收件者：	Quentin
主旨：	They really hit it off!

親愛的哥哥：

沒想到詠婕跟范宇政真的在一起了！他們已經開始交往一個禮拜了，我有問過詠婕，她很大方的承認，但目前還不準備公開，只有少數朋友知道。

詠婕告訴我，是她先向范宇政提出交往的提議，她發現自己真的慢慢喜歡上他(我在猜，外表的因素或許影響很大)，范宇政的意思是，他答應，他也想找個人陪，不過兩個人要慢慢來。

說實在的，我還是有點震驚，距離上次吃飯也沒有很久，兩個人就真的在一起了，抽學伴好像也滿管用…？

有點羨慕詠婕，唉，突然感到空虛起來…

哥哥，我這樣說，你不要以為我沒人追！你知道嗎，我學伴，張展融竟然向我告白！他是用email告訴我的，其實我也沒有很驚訝，他先前雖沒明講，但態度很明顯了，我有心理準備，不過，我實在對他沒什麼感覺，我跟他說當好朋友就好了，他好像受打擊滿大的。

還有另一個人跟我告白，我超吃驚的，你一定想不到是誰…

一個人為什麼會愛上另一個人呢？怎樣去分辨什麼是真正的愛？

哥哥，你能告訴我嗎？

小晴

寄件者：	Deborah
寄件日期：	2001年12月9日 PM 11:29
收件者：	Quentin
主旨：	What's love?

親愛的哥哥：

嗯，關於愛情，你認為自己是不是真正愛一個人，最簡單、粗淺的判定，就是看到對方時，心中有沒有一個念頭，就是『我要照顧她／他』。

你也提到，真正的愛是『付出無所求』，這句話雖然老套，卻是真愛的表現，如果愛得牢騷滿腹，可能就要檢討一下自己的感情了。

不知道詠婕跟范宇政的感情會如何進展？他們現在很甜蜜，還不到每天膩在一起的地步，不過看詠婕的表情很幸福，應該是很不錯吧！她跟在他一起後，我就比較沒機會跟她聊了，愈來愈多人知道他們的事了。

你還說你很愛女朋友，愛到入骨，這種話不要對我說啦！好噁心喔^^

小晴

寄件者：	Deborah
寄件日期：	2001年12月18日 PM 11:43
收件者：	Quentin
主旨：	Quarrel

親愛的哥哥：

今晚集社，我發現詠婕不是很愉快，她連招呼都不跟我打，林致嘉學長報告社務時她也沒在聽，我發現她眼睛紅紅的。

集社完後我過去問她，她只是淡淡的說了一句『跟他吵架』，就轉頭離開了，我也不敢再追問。

吵架…？看起來那麼恩愛的情侶會吵架，他們也不過才剛開始，就已經學會怎麼吵架了，不過想想，情侶吵架如家常便飯，相愛的兩人會因為相愛，而太在意對方的一舉一動，太在意對方的每一句話、每一個字，因此常會發生誤解，爭執因此而生…

唉，有時候實在很難說誰對誰錯，重要的是發生爭執要能控制自己的情緒，要保持自己的理智，心平氣和的溝通，才不會造成無可挽救的悔恨，其實我發現啊，很多我們認為陳腔濫調的話就是因為太真實、太有道理、太常發生了，才會變成陳腔濫調，而變成陳腔濫調後我們反而不會去注意它，這真是很可悲的一件事。

怎樣樣？我很早熟吧？哈哈^^這封信講那麼多大道理會不會嚇到你啊？對啦，多講一些你在國外留學的趣事嘛！你上一封信說的那個公車事件就好有趣！

小晴

寄件者：	Deborah
寄件日期：	2001年12月23日 AM 01:22
收件者：	Quentin
主旨：	恐懼…

親愛的哥哥：

我今天(雖然已經凌晨，但方便起見，我還是說今天)遇到一件很恐怖的事，現在回想起來我都會覺得毛骨悚然，我好怕。

今晚十點半的時候，我騎車到詠婕那裡，有一本通識課本她忘了還我，我要向她拿，因為禮拜一要交報告，我想早點寫，因此要用到教科書，白天時我已經有傳簡訊告訴她要過去，她也回我說可以。

她家右邊是一條小路，小路過去是一間廟，左邊毗鄰的房子也是租給學生住的，那間全部只租給女生，因為門外有掛牌子。

我去的時候整棟房子正面看去都是暗的，剛好玄關前面靠小路那邊有一棵大樹，把路燈都遮住，因此顯得一片漆黑，我心裡有點毛毛的。

詠婕的房間在二樓的最後面，我推推大門，發現門沒關好，大概是詠婕先下樓來把彈簧鎖弄開了，方便我進去。

我進去後覺得那種陰森的氣氛更濃烈，玄關的燈沒開，一樓好像也都沒人在，我才突然想起來，今天是星期六，很多人都回家了。

一樓完全沒有燈光，我摸黑找到樓梯，一階階緩慢爬上去，因為太黑找不到電燈開關，我也就索性不找了。

什麼聲音都沒有，只有我自己空洞的腳步聲，單調的迴盪，感覺很驚悚。

到二樓後，也是完全沒有燈光，我小心翼翼的走到最裡頭的房間，輕輕敲門，沒回應。

我喚了詠婕的名字，也沒回應，於是我試門把，發現門沒鎖，我就打開門。

房裡的景象讓我的恐懼持續高升。

房裡的窗簾是拉上的，大燈沒開，開著桌燈，非常昏暗，詠婕背對我坐在書桌前，頭髮散亂未整理，暈黃的脖頸給人一股凍結感。

她坐得很直，一動也不動，穿著睡衣。

我踏進房內，慢慢走過去，輕輕呼喚，她還是沒反應。

我試著走得更近，目光沒有離開她身上。

等到我與她只剩一步距離時，我深吸了一口氣。

詠婕的左臉頰滿是淤青，清麗的面龐半毀，我相當訝異，正要開口時，突然注意到她的面前擺著一堆紙，紙上好像有圖片，好像是從網路上印下來的，因為那是印表機的紙。

我試著走得更近，想看清楚是什麼圖片，定睛一看後，我幾乎要尖叫出聲！

在桌燈照射下，我可以清楚的看清那些圖片，那是…那是屍體的照片！

各式各樣的屍體照片…全都一片血肉模糊！我根本不敢再多看！

就在我要尖叫出聲時，詠婕突然從椅子上彈跳起來，我嚇得倒退了一大步！

因為太過恐懼，我竟然連聲音都發不出來…

詠婕站立的身子遮擋了桌燈，光線從她身後溢出，使得她的正面一片漆黑，完全看不清楚臉，我好像面對著一道恐怖的影子。

她像是戴著黑色的面具，全身彷彿穿戴著黑色的盔甲，我的腿發抖了，想要奪門而出卻力不從心。

她垂在身側的兩手緩緩前伸，右手晃過身後燈光的那一瞬間，我瞥見她的手上拿著一把短刀，看起來很像水果刀，然後她兩手握在一起，刀口正對著我。

『詠婕…妳到底怎麼了…？』，我的聲音一定無力又軟弱，我的眼淚幾乎要掉出來。

『妳來做什麼？』她的聲音很低沉，低到我幾乎聽不見。

『我…我來拿通識課的課本啊，妳忘了嗎？把、把刀子放下好嗎？』我的聲音顫抖。

『刀子？』

如果燈光夠充足的話，我應該可以看見她的嘴唇彎動，因為接下來她發出令人毛骨悚然的笑聲，我的整個頭皮發麻。

『小晴…有人要殺我，有人要殺我…妳知道嗎？跟妳說也沒用，因為妳也救不了我！』

接著又是一陣淒厲的笑聲，好像從地獄傳來，我彷彿面對厲鬼。

突然，啪的一聲，桌燈滅了。

就在那一刻，累積在我體內的恐懼爆發開來，我轉身，一個箭步立刻奪門而出。

門也沒關，我連跑帶跌的下樓，身後一片靜寂，詠婕的笑聲似乎在桌燈一滅後立刻停止，就是因為這樣我才害怕，我怕她把我當成敵人，拿著那把刀衝向我。

我用力關上大門，跳上機車，手顫抖到連鑰匙都拿不好，插不進鑰匙孔，連插了五六次才插進去，發動後立刻用最快的速度疾馳回家。

回家後，我立刻鎖上門躲進被窩，連澡都沒洗。

哥哥，這就是我今天的遭遇，我到現在心有餘悸，我真的不知道詠婕為什麼會變成那樣。

她為什麼會覺得有人要殺她呢？她臉上為何有傷口？她為什麼要看屍體的照片？

哥哥，我好害怕，因為我們這棟樓的人也都回去了，空盪盪的，只剩我一個…

恐懼的小晴

寄件者：	Deborah
寄件日期：	2001年12月23日 PM 11:33
收件者：	Quentin
主旨：	不安與疑惑

親愛的哥哥：

雖然你還沒回信，但我還是想寫信給你。

我問詠婕的同學，她說詠婕今天沒去上課，那是必修課，通識課她有沒有去上我就不知道了，詠婕有時候會翹課，所以我無法判斷她今天的翹課跟昨天的發狂有沒有關係。

我不敢打手機給她，我現在對她有一種畏懼感，只要一閉上眼睛就會想起昨晚在她房內的恐怖情景…

我一直在想，詠婕為什麼會變成那樣，我總覺得一定是跟她與男友的爭吵有關聯。

上次集社時，詠婕已經跟范宇政發生爭吵，而且尚未和好，這是確定的，而那天她臉上也還好好的，沒有淤青。

我猜測，她臉上的淤青必定跟范宇政有關，很有可能是兩人發生爭吵，范宇政控制不住而毆打了她。

對，一定是這樣！

心裡扭曲的人通常外表正常，也最難防範，詠婕也許被范宇政的外貌給騙了，他其實是個殘暴、易怒的人，是不是因為他威脅要殺詠婕，詠婕才那麼害怕…？也就是說，詠婕口中那名要殺她的人，其實是她男友。

是不是因為范宇政表現出什麼恐怖的行為，嚇壞詠婕了，她才會草木皆兵，拿起刀子自衛？

整件事好像只有這種解釋了，真的是這樣嗎？范宇政真的那麼恐怖？

我無法想像…

即使是這樣，詠婕幹嘛從網路下載屍體的照片，還列印出來看？還是…照片是范宇政寄給她的？對了！照片一定是來自詠婕上次給我看的那個兇案現場網站，感覺好像是她自己印出來看的機率較大，也許她是一邊看一邊想著自己會被范宇政剁成像照片裡那樣慘的屍體，還是她想把范宇政剁成像照片裡那樣的屍體…

愈想愈煩！我真的不知道！這些疑惑不解開，我就覺得好難過，好像心頭一直有東西纏著！你有沒有什麼辦法？

我明天再打電話問物理系的同學，看范宇政有沒有什麼異狀，我現在想先睡了，什麼都不再想。

疲憊的小晴

寄件者：	Deborah
寄件日期：	2001年12月24日 PM 11:01
收件者：	Quentin
主旨：	無

親愛的哥哥：

我向你求助，你上封信卻回得簡短，說這幾天在參加活動，結束後會再好好回我…好吧，反正我想你也幫不了我什麼忙，我自己先調查看看。

今天我詢問了范宇政的同班同學，得知最近范宇政沒什麼明顯異狀，課都有去上，不過我那名同學跟他不熟，因此若他真有什麼心事，我同學大概也看不出來，因此可以說沒什麼斬獲。

詠婕也沒去上課，老師還沒起疑，我真的覺得事情愈來愈怪了，想去她家找她，可是又不敢，詠婕平時就獨來獨往，沒有特別要好的朋友，可能也沒有人會因為她翹課關心她而到她家找她吧？

整件事還是懸而未解，又恐怖又怪異，讓我最近心情很浮躁。

小晴

寄件者：	Deborah
寄件日期：	2001年12月27日 PM 06:03
收件者：	Quentin
主旨：	……

詠婕死了，她被人殺死了。

她死在租屋處。亂刀致死。死得很慘。兇手還未落網。
我會再寫信給你。

小晴

寄件者：	Deborah
寄件日期：	2001年12月28日 PM 10:00
收件者：	Quentin
主旨：	告訴我兇手的名字

親愛的哥哥：

在這封信裡，我將把我所知、有關余詠婕謀殺案的一切告訴你。這麼做的目的只有一個：希望你找出真相，給我一個合理的解答。

你或許會覺得我這個要求很荒謬，但我是真心誠意地求你。

截至目前為止警方尚未理出頭緒，也沒有任何嫌犯被逮捕，詠婕的死仍是一團謎，兇手仍然逍遙法外。

你嗜讀推理小說，本身還是個推理作家，觀察力、推理能力應該比一般人要強，也許只要我告訴你謀殺案細節，你可以從中演繹出一個解答。不管這個解答正不正確，都是一條參考路線，我可以提供給警方。

沒有親臨現場而且又是透過二手資料來推論可能很困難，不過我想請你一試。我相信你有不同於人的見解。

以下關於謀殺案的資訊，是我詢問過案件關係人（張展融、林致嘉、范宇政）以及整理報紙新聞報導的資料所得出的，可靠性沒有問題。

發現屍體的人是張展融，你還記得他吧？事實上他是我另一個社團——魔術社——的朋友，他在二十七號那天晚上去找詠婕。根據他自己的說詞，他跟詠婕說好要借她一本書，也約好時間。他騎車到了詠婕住的地方後，便打手機請詠婕下來幫他開大門。沒想到手機是關機狀態。

站在玄關處，他抬起頭來看二樓，詠婕的房間燈是亮著的。於是他乾脆用喊的。喊了兩聲還是沒人答應。正好同一棟樓的房客有人回來，張展融才得以進入，他上到二樓後敲詠婕的房門，那扇紅色木門卻是一點回應都沒有。

張展融又敲又叫，房內仍舊靜悄悄，而門是鎖上的。其實他已發現前一天詠婕沒上BBS（她每天都上），而且那天打過兩次手機給詠婕確認借書的事，她手機也都是關機狀態。種種情況讓他心生焦慮，他索性到樓下找了根鐵絲，想要把詠婕上鎖的房門給弄開！

魔術社有一次集社，某位學長偷偷傳授不用鑰匙就能開喇叭鎖的技巧，我想張展融那次一定很用心聽，因為不到十分鐘他就把門鎖撬開了。

「一開房門，我立刻嚇得倒退！」張展融面無血色地說：「地板上，她面朝下、左手緊貼身側、右手高舉過頭，躺在乾掉的血泊中，背部流了一大灘血，死狀甚慘！」

張展融說他嚇得退出房門，剛好撞上背後兩個正要上三樓的房客，那兩人也是嚇得魂不附體。不過他強調，那兩人倒是可以作證他撬開門後沒有動過犯罪現場任何物品。以上是張展融的說詞。

後來他們隨即報警。警方初步勘驗，死者死亡時間已超過二十四小時，極有可能死於二十五號夜間。在二十五號晚上十點左右，一樓房客仍有見到詠婕下樓用洗手台，之後便沒再見過她，因此詠婕被殺是十點之後的事。遺憾的是，該棟樓的住客都是「各人自掃門前雪，莫管他人瓦上霜」，彼此間都不熟，也不會去注意隔壁人的動靜，因此詠婕十點之後是否有其他訪客他們一概不知。

二樓只有兩間房，住詠婕隔壁的那名房客整晚都不在，甚至沒回來睡，因此也無法從他那裡得到什麼線索。

不過還是有一條線索。那晚約十一點十分時，住一樓的兩名房客回來，發現玄關處有一名男子站在那裡，焦慮地來回走動，他們也沒管他就逕自開門。開門後那名男子立刻奔上二樓，兩名房客猜想那人大概是忘了帶大門鑰匙，卻回想不起樓上有住那樣一個男的。之後兩人進到一樓交誼聽開始看電視，便立刻忘我地沉浸在電視之中（他們電視開得很大聲），只是隱約地有聽到二樓傳來不斷的敲門聲，好像也有人輕聲叫喚名字的聲音。之後敲門聲停止，一陣急促的腳步聲飛快下樓，出了大門。

我私下找林致嘉討論這件謀殺案時，他神色很不對勁，好像回憶起惡夢似的。在我的追問下，林致嘉顫抖起來，才承認他就是那名男子，並把那晚的一切告訴我。他說他只是有事去找詠婕，也打手機跟她約好十一點玄關處見，詠婕說她會下來開門。但他到達時詠婕還沒下來，打手機也竟然是關機狀態。這時正好有房客回來，他就跟他們進入。「我到她門前敲門喊門都無人應，」林致嘉回憶：「正在發愁之際，門底下傳來沙沙的聲響，我低頭一看，底下的門縫竟然伸出一把白森森的短刀刃，上頭沾滿了血！」

他說他嚇得魂飛魄散，急急忙忙下樓，機車騎著立刻閃人，後來連手機也不敢打給詠婕。二十八號早上才知道詠婕已被人殺死，可能是過於多慮，他也不敢向任何人提他造訪兇宅的事。他相當後悔為什麼沒有在當時立刻通報別人，讓詠婕的屍體早點被發現（因為顯而易見，當時詠婕已經被殺了），他說真想不到會發生這樣悲慘的事……述說時他眼眶已半紅，說完後眼淚更是禁不住掉了下來……

至於范宇政，兇案當晚從七點起一直到凌晨一點都有不在場證明，他與兩名朋友去夜唱。警方似已將他從嫌犯名單排除。

接下來是關於兇案的其他資訊。現場有打鬥跡象，詠婕從背後被人刺了十刀，致命傷刺穿左肺，兇器是外面帶進來的一把水果刀，被丟在地板上，上頭無指紋。

那天天氣很冷，詠婕死時還圍著圍巾，屍體俯臥在地板上，散亂的髮絲完全包裹住繫於脖頸的粉紅色圍巾……我記得那條圍巾是她最喜歡的。好像是某個男生送她的。

比較啟人疑竇的是，現場發現一張掉落的撲克牌，是紅心三點。房內並沒有同組的撲克牌，它只是自己一張孤零零地在房裡被發現。這張撲克牌相當奇特，光用肉眼看不出它的奇特，若用紙或尺等器具去比對測量，會發現那張牌是「上寬下窄」的設計：背面的圖樣是成排的圓圈，而在其中一個圓圈裡畫了一條斜線，不仔細看根本看不出來。

至於兇案現場，桌上的筆記型電腦還開著，詠婕死前似乎在用電腦；手機擺在旁邊，是關機狀態（裡頭通話記錄都被刪除了）；房內窗簾都是拉上的。

毗鄰兇宅左右兩側的住家在案發當晚並沒有聽見什麼特別奇怪的聲響，或發現不尋常的人。基於此，我想警方可能會考慮到兇手或許就住在詠婕那棟房內。但就我所知，那些人沒有動機，而且與詠婕一點都不熟識。

警方現在似乎正積極清查死者的人際關係……

這大概是整個案件的梗概了。

疲憊地打字至此，夜也深了。

我喪失了一名朋友，現在心情很複雜。我已無力思考……

交給你了，任何推論都好，我需要的只是合理的解釋。

小晴

寄件者：	Quentin
寄件日期：	2002年12月28日 PM 11:35
收件者：	Deborah
主旨：	究竟是？

親愛的小晴：

本來想直接打國際電話給妳，但這幾天手機壞了，暫時又借不到手機。我先寫信給妳，晚點我會想辦法打電話。

首先，我對於妳好友的被害感到遺憾，我向死者致上哀悼之意。

不過，妳的上一封信中有許多地方讓我感到疑惑與不安。

我反覆琢磨妳的上一封信，發現了一些矛盾的疑點，令人十分困惑。

為什麼妳上一封信的語氣與內容，有著一種「全知性」？妳聲稱關於謀殺案的資料來源只來自三名案件關係人與報紙的資料，妳也沒有親臨兇案現場，但在妳的敘述中卻透露了許多只有辦案人員或兇手才有可能知道的資訊。這到底是怎麼回事？

哪些線索呢？

第一，關於兇刀的敘述。妳說：兇器是外面帶進來的一把水果刀，被丟在地板上，上頭無指紋。這就相當奇怪，妳如何得知兇器是從外頭帶入？兇器是一把尋常的水果刀，警方根本無從得知它是不是屬於死者；畢竟兇手有可能從外面帶刀進來，但也有可能用死者房內的刀殺人啊！

第二，關於圍巾的敘述。妳說：那天天氣很冷，詠婕死時還圍著圍巾；屍體俯臥在地板上，散亂的髮絲完全包裹住繫於脖頸的粉紅色圍巾……這段敘述又有很大的矛盾，從屍體躺臥的狀態看來，既然散亂的髮絲完全包裹住頸部的圍巾，妳又怎麼能知道詠婕死時圍著圍巾？而且還知道圍巾的顏色？未親臨現場、只能透過二手資料了解案情的人能對屍體上的圍巾知道這麼多嗎？

第三，關於紙牌的敘述。妳說：這張撲克牌相當奇特，光用肉眼看不出它的奇特，若用紙或尺等器具去比對測量，會發現那張牌是「上寬下窄」的設計。妳怎麼會知道現場遺留這麼一張紙牌？沒有親自檢驗過紙牌，妳又怎麼知道它上寬下窄？我想就算是警方恐怕也很難發現這點。妳又說：「背面的圖樣是成排的圓圈，而在其中一個圓圈裡畫了一條斜線，不仔細看根本看不出來。」這似乎說明妳看過那張牌。事實上這種上寬下窄的紙牌是一種變魔術用的特製紙牌，背面的斜線與圓圈是某種暗記，讓表演者可以從紙牌背面看出該張牌的花色與點數；整副紙牌都做成上寬下窄，如此只要抽出一張牌，將其倒轉再插入牌堆中，該張牌會因為兩端突出而便利表演者抽出。既然上寬下窄的特性肉眼看不出，那妳必定是事先就熟知它的特性，換句話說，妳很有可能是該副牌的使用者。有佐證嗎？有，信一開頭妳就提到妳是魔術社的成員。那張牌會不會是妳不小心遺落的，返家後才發現？（奇怪，妳以前怎麼都沒提過妳有參加魔術社？）

第四，關於手機的敘述。妳說：裡頭通話記錄都被刪除了。妳怎麼知道通話記錄都被刪除了？難道是妳當晚打過手機給余詠婕，要她下來開大門讓妳進去；事後妳再把通話記錄全刪掉，以免警方查出兇案當晚妳有打給她。

第五，關於案發時間的敘述。妳說張展融發現屍體的時間是二十七號晚上，但妳在那之前就已經寄給我一封信，告訴我余詠婕被人殺死了！為什麼屍體未被發現前妳就能知道余詠婕死了呢？

我仍然感到不可置信，難道是……妳殺了余詠婕？還是說這只是妳虛構的推理遊戲？

我寧願相信後者，那就讓我堅持這個前提，假定妳是虛構的兇手，繼續把我的推理說完。

有一點要補充，妳提到余詠婕被殺當晚，十一點十分時，一樓兩名住客回屋子，一名在門口等待的男子也趁開門時進入；妳在信中下一段立刻提到妳去盤問林致嘉，也沒有提妳是怎麼懷疑他的；我想原因是因為該名男子上樓敲門時，兇手顯然還留在余詠婕房內，因為他敲門叫喊時兇手從門縫刺出兇刀。就是因為他有叫喊，妳才從聲音認出他是林致嘉，事後才又去盤問他兇案當晚的狀況。

林致嘉看到刀子驚慌逃掉後，妳應該也迅速地、小心地避人耳目，離開兇宅。

關於妳的動機……不外乎因嫉妒而起的情殺。妳喜歡范宇政，是嗎？

兇案未發生前，妳寫給我的幾封信中提到范宇政的那種語氣轉折，便讓我猜想妳實際上喜歡上了他，但他卻已經是余詠婕的男友。

在妳們三個第一次一起吃飯時，妳看上范宇政，他也看上妳；但因為余詠婕的表白，他基於玩票性質的心理才跟她在一起。後來一定是因為妳的關係，范宇政向余詠婕提分手，因而發生爭吵，他也毆打余詠婕，導致余詠婕情緒崩潰。

我不知道余詠婕後來做了什麼事讓你非得殺她不可，不過寫到這裡，我覺得這推理遊戲差不多該結束了。

妳趕快回信告訴我你是不是在搞鬼吧。這個惡作劇可不好玩啊。

哥

寄件者：	Deborah
寄件日期：	2001年12月29日 AM 01:08
收件者：	Quentin
主旨：	無

從我小的時候，我便發現我的性格裡有著某種偏執，只要是我想要的東西一定要得到手，而且絕不允許別人奪走。誰奪走我的東西，我心中便會對他懷有恨。

我的妹妹小我四歲，從她甫一出生，便奪走父母原本投注在我身上的所有關愛，我感受到極端的冷落。這種冷落因著我的敏感而加強。

怒火在我的心中遽增，我連在夢中都夢見我親手用雙手掐死妹妹。

後來有一次，我們全家到山上玩，我趁著爸媽不注意時將妹妹推落溪谷。她摔得粉身碎骨。所有人都以為她是意外墜落的。

之後我始終對「妹妹」一詞存在著恨。

有過一次殺人經驗後，我便對變態殺人狂有著極度興趣；我閱讀刑案實錄、法醫探案，並時常上網瀏覽兇案現場的照片，想起小時候的殺人經驗，不禁令我心中掠過一絲矛盾的快感。

不過隨著社會化的制約，我的殺人意念逐漸隱藏至心底深處，第一次嘗試不過是童稚的大膽；我在別人眼中仍是正常、乖巧、具有淑女風範的女孩。

沒想到上了大學之後，讓我憤恨的「奪取」行為再度發生，引動我心中的殺意……

我第一眼看到范宇政便愛上了他，沒什麼理由，只覺得很想將他佔為己有。我提出交往的請求時，他也沒拒絕，只說要慢慢來，實際上是一種敷衍的藉口。

事實上，我後來明白，他根本一點都不愛我，他屬意的是另外一個人，我的朋友徐婉晴！

我與徐婉晴沒什麼深交，她倒是來我家玩過一次，對我而言只是一名酒肉朋友；她的一些所謂「好女孩」的矯揉造作、故作姿態讓我感到厭惡。但基本上我與她還是禮尚往來。

當我跟徐婉晴聊到范宇政的事時，她就多事地說要一起來吃飯，我當時拗不過她，也沒想太多，就讓她跟了。沒想到在那次，我便發現他們兩人眉來眼去、互送秋波！

從那時起我對徐婉晴開始懷有恨意。

後來因為我的積極攻勢，范宇政暫時屈就於我，但他終究想得到徐婉晴，因此向我提出分手要求，我們大吵了一架。暴怒的他控制不住，竟然打了我一拳，讓我跌倒在地，然後一句話也沒說便離開我的房間。

他離開後，我一個人靜靜躺在地板上，腦中浮現方才的影像……我彷彿看見那名毆打我的人不是范宇政，而是徐婉晴！於是，我對徐婉晴的憎恨如滾雪球般增大，孩童時代的犯罪潛力在我心中流汜……我發誓，我要殺了她！

在決定殺掉徐婉晴之前，有一次她與我約好要來我家拿書，我突然心底升起一股惡意，想在她死前給她個驚嚇與警告。我把房間窗簾都拉上，只開桌燈，把我平日收集的屍體圖片擺在桌上，並把頭髮弄亂，右手握著水果刀，靜靜坐在書桌前。當然，在這之前，我已下樓鬆開大門的彈簧鎖，讓她可以進來。

徐婉晴進來後果然被我的演技嚇壞了，我在她驚嚇達到最高點時用腳扯掉地上桌燈的插頭，讓桌燈熄滅。如我所預料的，她立刻落荒而逃。

我知道她會調查我，接下來幾天我又故意不去上課，讓她的疑惑與恐懼持續上升。

我決定在二十五日晚上殺她。我事先通知她我會過去，她相當驚訝。

那天天氣非常冷，我戴上毛線帽、手套、圍上圍巾、穿上一件長大衣；不但能避免別人認出來也不會引人起疑。我準備了一把水果刀藏在外套內袋，正是拿來嚇徐婉晴那把。

我騎著機車到她家附近，確定附近沒人後，再打手機要她下來開門。我告訴她把彈簧鎖鬆開即可，我會自己上去。這麼做的目的是我可以控制上樓的時間，方便避人耳目。

上樓後我進入她房內，先假意聊天，一邊脫掉長大衣、毛線帽與圍巾。接著抓住她背對我的時刻拿刀一刺，沒想到在那一瞬間被她察覺，轉身過來反抗。

爭鬥時放在我外套口袋裡的魔術紙牌掉落、散落一地。這是我的失策，竟然忘了那副牌還放在大衣裡。

我往她背部猛刺幾刀。她倒向地板。我又補上幾刀。那一刻我感到心底某種壓力如釋重負地綻放。

確定她已死亡後，我立刻拿起桌上她的手機，刪掉所有通話記錄，再把手機關掉，以免有人打來干擾，然後再快速收拾好掉落地板的紙牌。

這時門外傳來敲門聲與叫喚聲，是林致嘉。

我知道那小子曾向徐婉晴告白，甚至她學伴張展融也向她告白過；一想到這女人勾引了這麼多男人，還奪走我的最愛，便令我憤恨！

我拔起插在屍體背上的刀子，往門底下刺出去，接著聽到一陣驚慌下樓梯的聲音。果然是個沒膽的傢伙。

接著我穿上長大衣、披上圍巾、戴上毛線帽，將身上血跡全遮蓋住；確定外頭沒人後，將門鎖按上再關好，然後快速離開。

回到住處後，我進行善後工作時才發現我的紙牌少了一張，一定是被壓在屍體下我才沒發現。相當諷刺地，那張牌的點數是紅心三點，其涵義正是「愛情有障礙」。這是否是命運的嘲弄呢？

清理完血跡，我一邊反思這種種一邊上網，突然心血來潮，我進了徐婉晴的網路信箱。我曾看她進過一次信箱，那時我便把她的帳號與密碼記住，這只能怪她用了太好記的帳密。

進入信箱後，我發現了她與哥哥的通信備份，內容詳述了她被殺之前生活的種種。我對「妹妹」的恨意此時再度升起，嘲弄的心態也再度燃燒。我決定假冒徐婉晴的身分與他哥哥通信，讓他去解開自己妹妹被殺之謎。

現在你明白了吧？被殺的人是你的妹妹徐婉晴，兇手是我——余詠婕。

我給你很多線索，也給你陷阱，但你最後還是掉入我的陷阱之中。

我必須說明，從十二月二十七號那封信開始都是我用徐婉晴的名義撰寫的，但我僅僅冒用名義而已，其他敘述完全忠於事實，毫無欺瞞。其實只要你夠細心，還是可以發現徐婉晴的信與我的信之間敘述的矛盾與不連結性，進而發現真相。

在徐婉晴十一月一日的信中提到余詠婕「住二樓，二樓有三間房」，十二月二十八日的信在提到住死者隔壁的房客時卻又說「二樓只有兩間房」；同樣十一月一日的信中提到余詠婕「她那白色的門上還裝有門簾」，十二月二十八日的信描述張展融發現屍體前敲門時，卻變成「那扇紅色木門卻是一點回應都沒有」；十一月一日的信，在余詠婕家玩時，徐婉晴說「我們用她的大頭電腦上網亂晃」，十二月二十八日的信中卻說「兇案現場，桌上的筆記型電腦還開著」；十二月二十三日的信，徐婉晴描述余詠婕家的地理位置，「她家右邊是一條小路，小路過去是一間廟」，十二月二十八日的信卻變成「毗鄰兇宅左右兩側的住家在案發當晚並沒有聽見什麼特別奇怪的聲響，或發現不尋常的人」；十二月二十三日的信，徐婉晴描述「詠婕的房間在二樓的最後面」，但十二月二十八日的信敘述張展融到達余詠婕住處，「站在玄關處，他抬起頭來看二樓，詠婕的房間燈是亮著的」，余詠婕的房間卻瞬時變成二樓的第一間！

以上矛盾都可以證明，案發地點不是余詠婕的家。

還有很關鍵的一點，就是頭髮的問題。十月二十三日的信中徐婉晴說「那女的名叫余詠婕，長得很漂亮，身高跟我差不多，留一頭短髮」，十二月二十三日的信中也說「詠婕背對我坐在書桌前，頭髮散亂未整理，暈黃的脖頸給人一股凍結感」，到了十二月二十八日的信卻變成「散亂的髮絲完全包裹住繫於脖頸的粉紅色圍巾」；也就是說，短髮在幾天不到竟變成長髮！這說明了被殺的人不是余詠婕！

另外寫信的習慣上也呈現兩人風格的不同。以十二月二十七號的信作為分界，之前的信完全不使用分號，而且在同一段落中，句點必定出現於最後一句話；之後的信不但常用分號，同一段落內語氣已足會使用句號。

二十七號之前的信的括弧是用英數半形，之後的信則用中文模式全形。

引號部分，之前的信習慣用雙引號，之後的信習慣用單引號。

關於刪節號，之前的信只打三點，之後的信皆打六點。

最後一個線索，是文法上的用字問題。二十六號之前的信，副詞性的「地」，寫信者一律使用白部的「的」，之後的信則都用「地」。

以上矛盾說明二十六號後，有人用小晴的名義與你通信。

這就是全部的真相了……我不知道你能不能體會這其中的奧妙，你的推理的確沒錯，因為我完全照實敘述，你才能抓到我是兇手的關鍵；微妙的是身分的差異與誤認，但這些矛盾你卻沒看出來。

因此我可以說你的推理「對」也「不對」；兇手是「我」，但也「不是我」。

我要聲明，我從來沒恨過范宇政，他是我愛的人，我不會恨他；他完全不知情，只是很幸運地有了個不在場證明。徐婉晴死後他似乎受到很大的打擊，變得十分消沉。

他的證詞會不利於我，加上我留下了紙牌證據在現場，警方遲早會找到我。

你認為我在說謊？你不相信這一切嗎？

你也可以把這封信當成是你的妹妹小晴在愚弄你，想挑戰你的推理智商，寫信的人從頭到尾是小晴……這樣想不就簡單多了？也不必背負妹妹死去的痛苦。

實情究竟是如何，留給你自己去找答案吧……

總之，殘冬將逝之時，我大概也不在這世上了……

THE END

【解說】以逆轉為核心的解謎傑作

凌徹

妹妹寄給哥哥的信件，乍看之下只是描述平常的生活瑣事，但在發生了一起殺人事件之後，似乎變得不那麼單純……

最近幾年，林斯諺重新整理過去發表過的短篇，將故事改寫得更為完善之後，陸續出版了三本短篇集。包括二〇一四年《霧影莊殺人事件》，二〇一六年《冰刃方程式》，二〇一七年《小熊逃走中》，都是以偵探林若平的探案系列為收錄的對象。

眾所周知，林斯諺相當熱衷於本格推理。他筆下的作品多以本格為主，尤其表現在林若平探案中。因此，這三本短篇集自然呈現出最為純粹的本格推理風味。在短篇的篇幅中，有限的登場人物可明確區分為偵探及警察的搜查方與可能犯下罪行的嫌疑犯群體。而解謎的主要對象，也就是犯人，自然正在後者之中。

由於嫌疑犯的人數是有限的，犯人肯定在這些人裡，其真實身分比較難以出人意表，所以林斯諺欲展現在讀者眼前的，其實是基於線索與伏筆而發展出的邏輯解謎之樂趣。如何藉由各種隱藏的線索，推演出犯人的身分與罪案的真相，是林若平探案最吸引人之處。

也因此對於熟悉林若平系列的讀者來說，《床鬼》中所收錄的顯然是完全不同類型的作品。由於《床鬼》中的短篇無一是林若平探案，由此推測便可得知，既然林斯諺不打算讓林若平在這些故事中登場，自然也就隱含著非本格的風格於其中了。

由於不是本格推理，不侷限於類型的框架中，可揮灑的空間也就更為寬廣。在本作的故事中，意外性是林斯諺更為關注的環節。為了營造意外性，真相的逆轉成為故事的核心。逆轉，再逆轉，讀者的認知在故事真相的多重翻轉下不斷顛覆，而這也正是這些作品的醍醐味。

〈殘冬〉就是其中最具代表性的一篇。

妹妹本來只是在信中描述自己的生活，卻沒想到在平凡的日常中竟然發生了殺人事件。此前未曾登場的哥哥，在此時終於上場，並對事件提出了一個可怕的真相，逆轉了讀者對於妹妹信件的認知。只是當讀者驚訝於哥哥所揭露的事實時，最後一封信的出現卻提出了更具爆炸性的真相，故事就在讓人驚愕的謎底中劃下了句點。

從日常生活到殺人事件再到雙重逆轉，意外性在〈殘冬〉中發揮得淋漓盡致。

不僅如此，為了進行最後的逆轉，林斯諺在故事中安排了非常多的線索與伏筆。藉由這些線索，不同人物推理出各層的真相，也才足以完成一層又一層的翻轉。也就是說，故事的逆轉並非只是單純的揭露，而是來自於堅實的邏輯演繹，在線索的提出與推演之後才造成逆轉。正是有著這些推理，真相才具有後續翻轉的可能性。

而這樣的邏輯解謎，相信讀者們都不陌生。在故事中暗藏線索，於最終局面時藉此展開推演，在林斯諺的本格作品中隨處可見，可說是他的拿手絕活。

由此也可看出，儘管《床鬼》中收錄的並不是以本格風味為號召的故事，但我們還是可以從中看見林斯諺對於本格技巧的純熟運用，讓這些以真相的逆轉來產生讀者意外感的作品，也同樣有著邏輯解謎的樂趣。

正如前述，從二〇一四年開始，林斯諺集結過去的短篇作品重新出版。由於這三本都是林若平探案系列，也因此正統本格的走向極為明顯。只是對讀者來說，林斯諺雖然熱愛本格推理，創作也以本格為主，但如果他來寫非本格的作品時，又會是什麼樣子？

《床鬼》正可說是林斯諺對這個問題的回答。

將故事核心置於逆轉的同時，雖然揮別了名偵探，卻將邏輯解謎的巧思揉合於其中。這幾篇作品的設定多采，結局意外，提供了絕佳的閱讀樂趣。林斯諺的創作實力，由此可見一斑。

【作者簡介】

凌徹

推理小說創作者，台灣推理作家協會會員，著有長篇小說《殺人偵探社》、《聖靈守護之地》。

要推理44　PG1935

要有光 FIAT LUX　床鬼

作　　者	林斯諺
責任編輯	喬齊安
圖文排版	周妤靜
封面設計	蔡瑋筠

出版策劃	要有光
發 行 人	宋政坤
法律顧問	毛國樑　律師
印製發行	秀威資訊科技股份有限公司 114台北市內湖區瑞光路76巷65號1樓 電話：+886-2-2796-3638　傳真：+886-2-2796-1377 http://www.showwe.com.tw
劃撥帳號	19563868　戶名：秀威資訊科技股份有限公司 讀者服務信箱：service@showwe.com.tw
展售門市	國家書店（松江門市） 104台北市中山區松江路209號1樓 電話：+886-2-2518-0207　傳真：+886-2-2518-0778
網路訂購	秀威網路書店：http://store.showwe.tw 國家網路書店：http://www.govbooks.com.tw

出版日期	2017年11月　BOD一版
定　　價	340元

Printed in Taiwan

國家圖書館出版品預行編目

床鬼 / 林斯諺著. -- 一版. -- 臺北市 : 要有光,
2017.11
面；　公分. -- (要推理 ; 44)
BOD版
ISBN 978-986-95365-4-7(平裝)

857.81　　106018464

讀者回函卡

感謝您購買本書，為提升服務品質，請填妥以下資料，將讀者回函卡直接寄回或傳真本公司，收到您的寶貴意見後，我們會收藏記錄及檢討，謝謝！
如您需要了解本公司最新出版書目、購書優惠或企劃活動，歡迎您上網查詢或下載相關資料：http:// www.showwe.com.tw

您購買的書名：____________________

出生日期：________年________月________日

學歷：□高中 (含) 以下　□大專　□研究所 (含) 以上

職業：□製造業　□金融業　□資訊業　□軍警　□傳播業　□自由業
□服務業　□公務員　□教職　□學生　□家管　□其它______

購書地點：□網路書店　□實體書店　□書展　□郵購　□贈閱　□其他

您從何得知本書的消息？
□網路書店　□實體書店　□網路搜尋　□電子報　□書訊　□雜誌
□傳播媒體　□親友推薦　□網站推薦　□部落格　□其他__________

您對本書的評價：(請填代號　1.非常滿意　2.滿意　3.尚可　4.再改進)
封面設計____　版面編排____　內容____　文／譯筆____　價格____

讀完書後您覺得：
□很有收穫　□有收穫　□收穫不多　□沒收穫

對我們的建議：____________________

____

____

____

請貼
郵票

11466
台北市內湖區瑞光路 76 巷 65 號 1 樓
秀威資訊科技股份有限公司 收
BOD 數位出版事業部

（請沿線對折寄回，謝謝！）

姓　　名：＿＿＿＿＿＿＿＿　年齡：＿＿＿＿　性別：□女　□男

郵遞區號：□□□□□

地　　址：＿＿＿＿＿＿＿＿＿＿＿＿＿＿＿＿

聯絡電話：(日)＿＿＿＿＿＿＿＿＿＿(夜)＿＿＿＿＿＿＿＿＿＿

E-mail：＿＿＿＿＿＿＿＿＿＿＿＿＿＿＿＿